西村京太郎

十津川警部
怒りと悲しみのしなの鉄道

実業之日本社

実業之日本社文庫

十津川警部　怒りと悲しみのしなの鉄道／目次

十津川警部
怒りと悲しみのしなの鉄道

第一章　警視総監

1

六月五日（警視庁）。

いきなり、三上刑事部長がいった。

「これは絶対に極秘だが、後藤有一郎警視総監が誘拐された」

一瞬、十津川警部は目の前の三上刑事部長が冗談をいっているのではないかと思ったが、部長の顔は笑ってはいなかった。急に十津川は背筋を冷たいものが走るのを感じた。

「本当ですか？」

と、聞いた。

「昨日、後藤総監は二年前に亡くなった永井（ながい）文彦（ふみひこ）前総監のお墓参りをされた」

「そういえば、もう二年になるんですね」

「そうだよ。それで、後藤総監は前任の、永井総監が眠っておられる鎌倉（かまくら）の建長寺（けんちょうじ）に行かれた。大事（おおごと）になってはいけないというので一人で行かれたのだが、その帰りに何者かに誘拐されてしまった」

「それで、犯人がわかったんですか？」

「いや、わからなかった。ところが、今朝になって犯人から電話があったんだ」

十津川は、自分でも声が上ずっているのがわかった。

「犯人は一体誰なんですか？」

「山中晋吉（やまなかしんきち）という名前を、覚えているか？」

「もちろん覚えています。忘れられません」

「電話してきた男は、その山中晋吉の息子だと名乗っていた。名前は、山中悦夫（えつお）。年齢はわからないが、山中晋吉の息子だといっているから、三十歳過ぎだと思う」

「本当にその男は後藤警視総監を誘拐したといっているんですか？」

「そういっている」

「要求は何ですか？」

「二年前に、北信州で列車が爆破され、その犯人として山中晋吉が逮捕された。起訴され、死刑の判決を受けた。何しろ二十二人の乗客が死に、負傷者が五人も出たんだ」

「そうです。ですからその犯人は死刑が当然です」

「電話してきた山中晋吉の息子は、父は無罪だ、他に真犯人がいる。真犯人を一週間以内に捜し出せ、さもなければ後藤総監を殺すといっているんだ」

「あれは間違いなく山中晋吉が犯人です」

「私もそう思っている。しかし、電話してきた男はそれだけでなく、君を指定してきたんだ」

「何のために私を？」

「君が二年前の捜査を担当し、真犯人が山中晋吉だとして逮捕した。その君に、山中の息子が一週間以内に真犯人を見つけて逮捕しろ、さもなければ警視総監を殺すといっているんだ」

「それは無茶ですよ。第一、捜査の結果、犯人は山中晋吉とわかったんですから」

「だから私も同感だといっている。しかし、総監を誘拐した男は、一週間以内に二年前の事件の真犯人を捕まえろ。そういってきたんだ。見つけなければ、総監が殺されるんだよ」

「私は、どうしたらいいんでしょうか？」

「犯人の要求を拒否したら、明日にでも総監を殺すといっているんだ。とにかく一週間、君がもう一度、二年前のあの事件を捜査してくれればいい。その間に何とかして総監を救出する。もし拒否すれば今いったように明日にも、いや今日中にも犯人は総監を殺すといっているんだから、それだけは避けなければならないんだよ」

「しかし、具体的にどうしたらいいんですか？」

「だから二年前の事件を捜査するんだ。山中晋吉は獄中で病死している。だから、ただ単に、捜査している真似では困る。全力を尽くしてもう一度、あの事件を捜査してもらいたいんだ。そうしないと、犯人を欺せないからね」

「しかし、あの時は長野県警との合同捜査でした。したがって、長野県警にも私と一緒に二年前の事件を再捜査してもらわなければなりません」

「もちろん、県警本部の方には私から話をつける。それから、後藤警視総監が誘拐されたことはしばらく黙っているように。マスコミにも警視総監の件は伏せておく」

「その代わり、二年前の事件の再捜査を始めたことは、マスコミに発表する必要がありますね。さもなければ犯人は信用しないでしょうから」

「もちろん、それはする。今いったように、君にも本気で捜査を再開してもらいたいんだ。長野県警と一緒にだよ」

と、三上刑事部長が暗い目つきで繰り返した。

2

問題の事件は二年前の六月四日に起きた。この日は、日曜日だった。

軽井沢から長野方向に向かっては、北陸新幹線が通っている。しかし狙われたのは新幹線ではなくて、しなの鉄道という第三セクターの、それも三両編成の普通列車だった。

日曜日だったが、それでも三両連結のしなの鉄道の普通列車には、それほど乗客が乗っていなかった。何しろ、軽井沢から長野方向に行くには、北陸新幹線があるからだ。三両編成の各車両には、十人から三十人くらいの乗客しかいなかった。

この日問題の列車は、軽井沢を定刻の一一時四六分に出ている。そのあと、終点の長野まで二十二の駅がある。主な停車駅としては小諸、上田、篠ノ井そして長野ぐらいだろう。

この日の乗客たちも、まさか長野までの途中で、列車自体が爆破されるとは思ってもいなかったに違いない。しかし、三つ目の御代田を一二時ちょうどで発車したその時、突然三両編成の二両目の車両が、激しい轟音とともに爆発したのである。文字通り、二両目の車両は木っ端微塵になり、そして炎上した。一両目と三両目の車両も脱線。

二両目に乗っていた、二十二人の乗客は全員が死亡。一両目と三両目の乗客のなかから、五名の負傷者が出たが、こちらは命を失うことはなかった。

警察は、次に犯人からJRに対して、脅迫の電話がかかって来ると考えた。同じような事件を起こすから、それを防ぎたければ一千万単位あるいは億単位の金を支払え、といった脅迫電話である。

しかし、脅迫電話はかかって来なかった。そこで考えられたのは、三両連結の二両目の車両に乗っていた誰かを殺すために、車両ごと、犯人が爆破したのではないかというストーリイだった。だが、新幹線のグリーン車ならば捜査を進めれば誰が乗っていたかわかってくるが、こちらは第三セクターの普通車である。しかも、爆破のあとに火災が起きて、亡くなった二十二名の乗客は衣服などが焼け、持っていた乗車券も焼けてしまっていて、どの乗客が終点の長野まで行くことになっていたのか、あるいは途中の小諸や上田に行くことになっていたのかわからなくなってしまったのだ。

乗客二十二名が、殺されたわけだが、県警が捜査を進めるにしたがって、少しずつ身元のわかる被害者も出てきた。

まずわかったのは、沿線の住人たちだった。十一人で、そのうち子供は二人。

次は鉄道ファンの五人、男二人と女三人で、同じバッジをつけていたのでわかった。さらに実家のある戸倉に帰るはずの若い夫婦。一週間後になっても、不明な死体は四人だった。

ところが、そのなかの一人、中年の男の死体が、当時の永井文彦警視総監とわかったのである。県警は色めきたち、この時から、警視庁捜査一課が、長野県警と合同で捜査に加わることになった。

この時、捜査を担当したのが、十津川だった。警視総監が、殺されたことで、十津川の下に三十人の刑事がついた。

捜査本部は、長野警察署に置かれた。

そこでまず、議論されたのは、犯人の目的である。

身元のわかった被害者は、十九人。そのなかに、永井警視総監以上の重要人物はいなかったから、狙われたのは、永井総監と断定していいだろうという意見が強かった。

「だからこそ、合同捜査になったんだ」

と、県警の捜査一課長が、いった。

それでも、断定は危険だという意見もあった。

まだ、身元不明者が、三人いる。男二人と女一人である。それに、社会的な重要人物だからといって、狙われたと断定はできないという刑事も、いた。

そこで、爆破事件を、細かく見てみることにした。

まず、この列車の時刻表である。

軽井沢　11：46
↓
中軽井沢　11：50
↓
信濃追分（しなのおいわけ）　11：54
↓
御代田　12：00
↓
（中略）
↓
篠ノ井　13：03
↓
長野　13：16

これが、問題の列車の時刻表である。

この日も軽井沢、中軽井沢、信濃追分と、正確な時刻に、発車していた。

次の御代田駅を、発車した直後に、爆破されたのである。

もし、犯人が、爆弾を仕掛けたとすれば、爆発する直前に、列車を降りたはずである。始発の軽井沢で乗り、次の中軽井沢か、二つ目の信濃追分で降りたはずだった。

調べていくと、信濃追分で降りた乗客が一人いることがわかった。

ただ、信濃追分は、小さな駅で、監視カメラもなかった。

警察にとって幸運だったのは、狙われた列車が、三両連結だったことである。三両目から車掌が乗ることになっていたからだ。

「乗ったばかりで、すぐ降りるんで、変な客だなと思いましたよ」

と、車掌は、いい、信濃追分で降りた中年の男の客の顔を、よく覚えていると、いった。

そこで、警察は、その乗客の似顔絵作りに入った。

もちろん、乗ってすぐ降りたからといって、犯人とは断定できない。

しかし、車掌の協力で、その男の似顔絵ができ上がった時、刑事たち、特に警視庁から来た刑事たちの顔に、笑いが浮かんだ。十津川たちは、その男を知っていたからである。

山中晋吉、五十二歳

である。

この時より、さらに十五年前、山中晋吉が、三十七歳の時、仲間二人と、都内で、強盗殺人を働いた。

一方、列車爆破で殺された永井総監は、その時、気鋭の捜査一課長で、この強盗殺人事件を、担当していた。

この時、山中晋吉は、三人で、世田谷(せたがや)区内の会社社長宅に侵入、八百万円を強奪したあと、七十歳と六十九歳の老人夫婦を、殺害して逃亡したのである。

山中晋吉　三十七歳
横尾伍郎(よこおごろう)　二十三歳

高橋啓太(たかはしけいた)　二十歳

この三人組だが、あとの二人は、山中がやっていた居酒屋の客だった。借金で店を潰した山中は、金欲しさで、店の客の二人を、誘った。二人とも、傷害の前科があり、いつも、金が欲しいと、いっていたからである。

犯行は、上手(うま)くいった。が、一番若い高橋が、現場に、指紋を残してしまった。直ちに、前科者データと照合され、高橋啓太とわかった。そのあとは、いもづる式に、横尾が、捕まり、最後に、山中晋吉が、逮捕された。

問題は、主犯が誰かということだった。

若い二人は、老夫婦を殺したのは、自分たちだが、リーダーの山中に命令され、怖かったので仕方がなかったと証言。

それに対して、山中は、年齢的には、一番上だが、若い二人は、手に負えなかった。金は奪っても、絶対に殺すなといっておいたのに、二人は顔を見られたといい、護身用のナイフで、いきなり、老夫婦を刺してしまった。あの時、反対していたら、自分が殺されていたと、山中は証言した。

永井一課長は、終始主犯は山中晋吉で老夫婦を殺したのも、彼が、命令したものだと主張した。

裁判でも、永井は、検事側の証人として出廷し、主犯は、山中晋吉だと、証言した。

その結果、若い二人は、七年の刑をいいわたされたが、主犯とされた山中は、その倍以上の十五年の刑が決まった。

山中は、控訴・上告した。が、変わらなかった。

刑が確定して、宮城刑務所に収監された山中は、

「永井のおかげで、こんな目にあっている。シャバに出たら、必ず、奴を殺してやる」

と、息まいていたという。

その山中晋吉である。

二年前の列車爆破の時、山中晋吉は、十五年の刑期を了えて、三ケ月前に出所していたのである。

出所後の行方は、わからない。

当然、この段階で、刑事たちの目標は、山中晋吉に集中した。

山中本人は、見つからなかったが、彼に関係する知識は、多くなった。

その一つは、山中には、息子が、一人いることだった。

名前は、山中悦夫。この時、三十歳で、中野で、父親と同じ居酒屋をやっていた。ひそかに、刑事たちが、その店を監視したが、山中晋吉は、現われない。

もう一つ、山中晋吉が入っていた刑務所には、おくれて、佐伯克朗が、入所していたことがわかった。

佐伯は、自衛隊で、爆発物処理班にいたのだが、ひそかに、原料を盗み出し、さまざまな時限爆弾を造っていたのが、バレて、懲戒免職になった男である。

その後、自作の時限爆弾を造って、都内の銀行を脅迫して、五千万円を強奪したが、逮捕され、六年の刑で、山中と同じ刑務所に入っていたのである。

この時、佐伯が造った時限爆弾の精密さに、警視庁の専門家が、感心したといわれていた。

分単位ではなく、秒単位で、爆発時刻を決めてあったからである。この佐伯が、山中と同じ刑務所に入っていたが、山中が釈放された翌日に刑務所を出ると、同じように、行方をくらませてしまったのである。

（ひょっとすると、今回の列車爆破は、佐伯克朗が造った時限爆弾を使ったのではないか？）

と、十津川たちは、考えるようになった。

それは、御代田駅を、列車が発車直後に、爆破されているからだった。

列車は、御代田駅を、時刻表通り、一二時〇〇分に発車している。

もし、一二時ジャストに、爆発したら、列車が、まだ、完全にホームから離れないうちだったろう。

実際には、三十秒後に爆発している。

その理由を、十津川たちは、時限爆弾を造ったのが、アマチュアの山中なので、一二時ジャストに時刻を合わせたが、三十秒ずれてしまったと考えた。

しかし、佐伯克朗が造ったとしたら、話は変わってくる。

時限爆弾の時計の部分が、正確に作動しなかったとは、いえなくなる。一二時にセットされていた部分が、三十秒ずれたのではなく、最初から、一二時三〇秒にセットされていた可能性が、出てくるのである。

時刻表によれば、問題の普通列車の御代田発は、一二時〇〇分になっている。

日本の鉄道は、時刻に正確で、特にJR関係者は、一分単位ではなく、三十秒単位で動いているといわれ、三十秒早く発車してしまったことが、問題になったこともあった。

それと同じことが、あったのではなかったのかと、その時、十津川たちは、考えたのだ。

（犯人は、一二時ジャストにセットしていて三十秒ずれたのではなく、最初から一二時三〇秒にセットしておいたのではないか。だから列車は、御代田駅を発車した三十秒後に爆破された。犯人の計算通りに。しかし、なぜそんなことをしたのかが、わからなくなってくる）

現実的に考えれば、一二時三〇秒に爆発が起きたので、御代田駅には、被害はなかった。

そのためだけに、一二時三〇秒に正確にセットしたのだろうか？

この答は、犯人と思われる山中晋吉と、共犯の可能性のある佐伯克朗を、逮捕して、話を聞くしかないだろう。

捜査本部は、二年前には、そう考え、二人を追ったのだ。

しかし、二人の行方は、なかなか、つかめなかった。特に、佐伯克朗の消息は、不明だった。

その点、山中晋吉の方は、自ら、正体を見せた。酔っ払うと、六月四日に、しなの鉄道の列車を爆破したのはおれだと、大声で叫んだりしていたからである。

（山中晋吉の方は、間もなく逮捕できるだろう）

と、警察は、予想した。

その予想は適中した。一ケ月後の七月末、草津温泉の旅館に泊まっていた中年男が酔って、列車爆破をやったのは、おれ様だと騒いでいるという情報が入り、警察が急行して、泥酔して、寝込んでいた山中晋吉を逮捕したのである。

佐伯克朗の方は、とうとう捕まらなかった。が、山中晋吉を逮捕し、起訴したあと、合同捜査本部は、解散している。

その後、裁判が行われ、山中晋吉は、死刑の宣告を受けた。

控訴・上告したが、死刑は、変わらなかった。

山中晋吉は、公判の時、自分は無罪だ。第一、あの列車には乗っていなかったと、主張した。

御代田駅の一つ手前の信濃追分で、あわてて、降りているではないかという質問に対しては、「それは、おれではない。おれによく似た男だろう」と、答えている。

酔っ払って、しばしば、六月四日の、しなの鉄道の爆破は、おれがやったと叫んでいたことについては、

「おれは、不当裁判で、十五年も刑務所（むしょ）に入っていた。腹が立って仕方がないから、大きな事件は、おれがやったといって、おどかしてるんだ」

と、主張した。

最後の質問は、いつも、同じだった。

「列車に、永井警視総監が乗っているのを知っていたのか？」

だった。

山中の返事も、同じだった。

「おれは知らなかったが、奴が乗っていて死んだとわかって、おれは、万歳を叫んだよ。一番殺したい奴だからな」

これが、二年前の捜査のすべてである。

3

二回目の捜査会議で、十津川が、提案した。

「今回のわれわれの仕事は、二年前の列車爆破事件の再捜査、正しくは、再捜査の真似をしろということです。一週間は、犯人を欺せるような芝居をしろという命令です。その命を実行するわけですが、私は、二年前に解決できなかったことを、この際、解明したいと思っています」

それを、十津川は、箇条書きにして、県警の幹部に渡した。

一、佐伯克朗の生死。事件に関係していたのか？　今、生きていたら、どこで何をしているのか？

二、二年前の六月四日の事件当日、死亡した永井警視総監は、しなの鉄道の普通列車でどこへ行こうとしていたのか？

三、いまだに、二十二名の死者のうち三人が身元不明である。この三人についても、何とか解明して、捜査を完全なものにしたい。

「この三つについては、実際に捜査の必要がありますから、芝居の必要はありません」

と、十津川は、付け加えた。

県警でも、調べ足りないと、思っていたからである。十津川の提案は、直ちに、受理された。

この三つの問題については、事件は、一応解決したことになってからも、警視庁でも、長野県警でも、少人数で、続けていたのである。

まず、お互いの情報の交換だった。

第一は佐伯克朗のことだった。依然として、消息がつかめないことでは、一致していたが、県警の若い吉田(よしだ)刑事が、こんなことを、報告した。

「今年の三月初めだと思いますが、休日に、渋(しぶ)温泉に、ひとりで一泊しました。あの小ぢんまりした温泉街が好きなんです。その日は、すいていて、家族風呂も、いつでも入れるというので、夜、ひとりで入って、部屋に戻ろうとして、廊下を歩いていたら、話し声が聞こえたんです。それが気になったのは、男同士の声で、新幹線は、三十秒単位どころか、十五秒単位で走っているんだといってるんです。例のしなの鉄道の事件があったんで、思わず立ち止まって聞き耳を立てました。そうしたら、男の一人が、だから、新幹線を爆破するにも、十五秒単位の正確なタイマーが必要なんだと、いってるんです。何となく、気になったので、宿帳を見せて貰って、名前と住所を、メモしてきました」

と、いうのである。

十津川と、県警の崎田警部が、警視庁の日下刑事と、県警の吉田刑事の二人に、一応調べさせることにした。吉田のメモしてきた二人の名前は、佐伯克朗ではなかったが、気になったからである。

次は、二年前の列車爆破で死んだ永井警視総監のことである。

永井は、いったい、しなの鉄道で、どこへ行こうとしていたのか？　直接、事件とは関係のないことかも知れなかったが、十津川にも、気になっていた。

この件については、十津川、亀井の警視庁の二人と、県警の崎田、鈴木刑事の四人で、もう一度、しなの鉄道に乗って調べることになった。

それも、二年前と同じ普通列車に、始発の軽井沢からである。

軽井沢へ行くパトカーのなかで、崎田警部が十津川に、こんな質問をした。

「今回、そちらの後藤総監が、山中晋吉の息子に誘拐されたわけですが、どんな情況で誘拐されたんですか？」

「前の永井総監は、二年前の六月四日に、亡くなっているので、この日が、命日です。そこで、現総監の後藤さんは、ひとりで、お墓参りをしたいといわれて、護衛なしで鎌倉の寺に行かれたのです。それが、翌五日になっても、姿を見せないので、心配になった時、山中晋吉の息子の悦夫と名乗る男から電話が入って、誘拐されたことが、わかったのです」

「後藤総監は、まだ五十代で、武道の心得があると聞いているんですが」

「柔道の有段者です」

「それなのに、簡単に誘拐されてしまったというので、不思議な気がしたんですが」

「犯人が、山中悦夫ひとりなら、不思議かも知れませんが、私は、共犯が、いたと思っているのです」

「佐伯克朗ですか？」

「かも知れないし、十五年前、いや十七年前に、山中晋吉と一緒に、殺人事件を実行した二人の男もいます。この二人も、生死もわからず、行方もわかりません」

軽井沢には、少し早めに着いてしまったので、二年前と同じ、一一時四六分発の普通列車を待つことにした。

有難いことに、しなの鉄道は、二年前の六月四日と同じ時刻表で、動いているのだ。

その列車を待つ間、十津川は、ベンチに腰を下ろして、眼をつむっていた。

亀井刑事も、県警の二人も、同じように、まぶたを閉じている。疲れているのではなく、二年前のことを、思い浮かべているのだ。

二年前の六月四日日曜日、しなの鉄道の車両が爆発炎上したとの知らせを受けた時は、警視庁の十津川たちは対岸の火事だと思った。管轄が違うからである。

それが、死者二十二人のなかに、警視庁の永井警視総監がいるとわかって、突然警視庁の仕事に、そして十津川の仕事になったのである。

正直にいえば、十津川はその時まで、しなの鉄道というものに乗ったことがなかった。そして、しなの鉄道というものがどんな鉄道か、勉強することになったのだが、十津川が感じたのは、軽井沢から篠ノ井までの間を走っているしなの鉄道が、奇妙な鉄道だなということだった。

それまで、しなの鉄道というものはなかったのである。その間の鉄道は、すべて東京から始まり、長野を通って新潟まで行く。これはすべて信越本線だった。新幹線がなかった頃、東京から北信に行くには、信越本線が利用された。始発は高崎で、軽井沢、長野を通って新潟まで行く、営業キロ三一五・九キロの日本海縦貫線の一環を作る文字通りの幹線である。最初から幹線として造られた鉄道としては、東海道本線についで古い。

この信越本線のネックは、横川—軽井沢間にある碓氷峠だった。この急勾配を登るために、新幹線のなかった頃は、横川で、電気機関車を連結し、その馬力で、碓氷峠を越えるのである。不便だが、その光景が鉄道ファンに人気があって、わざわざカメラを持って撮りに来る人も多かったという。

北陸新幹線（長野新幹線）が開通すると、横川を通らないので、横川—軽井沢間は、廃線になってしまった。つまり、信越本線は、横川で、切れてしまい現在、横川―軽井沢間は、バスで、繋がれている。

新幹線で、東京から、軽井沢―長野を通って新潟に行ける。早く、便利だが、信越本線が、横川で切れてしまい、新幹線は、長野まで二つの駅にしか停車しないので、いかにも不便である。そこで生まれたのが、しなの鉄道という第三セクターなのだ。

しなの鉄道は、軽井沢から、篠ノ井を通って、長野へ行くのだが、その間、軽井沢を入れて、全部で二十三の駅がある。なお、篠ノ井―長野間は、分断された信越本線の一部なのだ。

もう一つ、ワイドビュー「しなの」という特急が走っているのだが、これは、しなの鉄道とは関係なく、中央本線を走っているのだ。

こう見てくると、しなの鉄道を利用する人は限られてくる。

したがって、あの日、軽井沢から、しなの鉄道に乗った前警視総監の永井文彦は、しなの鉄道しか走っていない駅に行こうとしていたことになる。

二年前の六月四日と同じ三両編成の普通列車が来たので、十津川たちは、その

二両目に、乗り込んだ。

二年前の六月四日は、日曜日だったが、今日は、平日である。それでも、一両に、二十人前後の乗客があった。それを考えると、それなりの需要があるということなのだろう。

十津川は、座席に腰を下ろすと、小型の時刻表を取り出して、停車する駅名を、確認した。

赤と、黒のツートンカラーの列車である。

軽井沢発	11：46
中軽井沢	11：50
信濃追分	11：54
御代田	12：00
平原（ひらはら）	12：06
小諸	12：11
滋野（しげの）	12：17
田中（たなか）	12：21
大屋（おおや）	12：24
信濃国分寺（こくぶんじ）	12：27
上田着	12：31
上田発	12：33
西上田	12：37
テクノさかき	12：41
坂城（さかき）	12：44
戸倉	12：50
千曲（ちくま）	12：53
屋代（やしろ）	12：56
屋代高校前	12：59
篠ノ井着	13：02
篠ノ井発	13：03

今井	13：06
川中島（かわなかじま）	13：09
安茂里（あもり）	13：12
長野着	13：16

軽井沢から長野行きの普通列車である。新幹線で軽井沢から長野へ行くとすると、軽井沢の次は佐久平（さくだいら）、そして上田、次は長野である。軽井沢を入れても四つの駅しか停（と）まらない。

その点、しなの鉄道の普通列車は、軽井沢を出発したあと、中軽井沢、信濃追分、御代田、平原、小諸と二十二の駅に停まっていく。十津川はその時と同じように今日も、一一時四六分軽井沢発の普通列車に亀井と二人、そして県警の崎田と鈴木の二人が乗っている。

次の、中軽井沢が一一時五〇分。信濃追分一一時五四分、そして三つ目の駅、御代田を一二時〇〇分に発車することになっている。そして犯人は、一二時ちょうどに爆発の時間を合わせておいたのだろう。もし、正確にその時計が合っていたら、あの時普通列車は三つ目の御代田駅を発車する時に爆発していたはずである。ただ、実際には爆発があったのは、一二時三〇秒だった。六十メートルほど駅から離れた場所で三両連結の普通列車は爆発した。今回も、十津川たちはその御代田駅で電車を降りた。六十メートル離れていたので、御代田駅は何の被害も受けていなかった。

そこで、そこから爆発の現場まで、四人の刑事は歩いて行った。今日は快晴で浅間山(あさまやま)が近くに見える。この辺りは、冬になると雪が積もる場所だが、もちろん今日はその気配もなく、のどかで静かな田園風景が広がっている。新しく敷き直したレールの脇に、二年前の六月四日に車両爆破のために死んだ二十二名の鎮魂碑が建っているのが見えた。

「今になって考えると」

と、県警の崎田警部がいった。

「犯人は、二両目に爆弾を仕掛けた他にガソリン缶も置いたんだと思いますね。

爆破だけならば、あんなに延々と燃えなかったと思うんです。爆破があったあと、軽井沢と小諸から消防車や救急車が十数台も駆け付けて来たんですが、炎を噴き出す車両を消し止めることができず、二両目に乗っていた二十二名の乗客全員が死亡してしまいました」

「それで、身元確認が難しかったんですね」

と、十津川がいう。

「そうなんです。男女の見分けもつかないような焼死体もありましたから。それでも、根気よく調べて最後には、身元不明者は三人だけになりましたからね。身元がわかった人のなかに当時の警視総監がいて、我々はびっくりしたんです。それまで、犯人がなぜしなの鉄道の、それも普通車を爆破したのか、わかりませんでした。脅迫電話もありませんでしたし、ＪＲに対して金銭の要求もありませんでしたから」

と、崎田がいう。

「我々も、関係ないと思っていたのが突然、狙われたのは警視総監ではないかとなった途端に、警視庁全体が、パニックになりましたよ。警視総監が殺されるなんてことなど考えられませんからね」

その後県警は、二十二名の犠牲者を少しずつ明らかにしていった。地元民、つまりしなの鉄道の沿線に住む人間が大人九人、子供が二人。鉄道ファンが五人で男二人、女三人。戸倉の実家に帰ろうとしていた若夫婦が二人。そして、最後までわからなかった身元不明者が三人。男二人に女一人。いずれも成人である。

「身元不明者の三人ですが、今でも少数で捜しているんですよ」

崎田が十津川にいった。

「しかし、なかなか身元がわかりません。地元の人ではないことは確かです。地元の人間なら、自然にわかってきますから。たぶん、あの日は日曜日だったので偶然、しなの鉄道に乗ったんだと思っています。だからたぶん、家族や友人にもどこへ行くともいわないで、ぶらりとしなの鉄道に乗ったのではないでしょうか。だから問い合わせの電話もないんでしょう」

「これからどうします？」

鈴木刑事が聞いた。

「捜査会議でいったように、三つの疑問について、調べてみたいと思います。あの時はたしか、小諸にも行っているので、もう一度、小諸に行ってみましょう」

と、十津川がいった。

県警本部からパトカーが呼ばれ、そのパトカーに乗って、十津川たちはそこから二つ目の駅である小諸に向かった。

小諸はさすがに、信濃追分や御代田に比べると、駅も大きい。といっても、東京のような大都市に比べると、どこか昔の城下町というか、宿場町というか、そうした雰囲気を残していた。

ここでは、まず、二年前の捜査の時に世話になった小諸警察署に行き、お礼をいった。あの時、十津川たちがぜひ何とかして解明したいと思ったのが、当時の永井警視総監がどこへ行くつもりだったのかということだった。

長野へ行くつもりならば、新幹線で行くだろう。しかし、軽井沢から乗り換えてしなの鉄道に乗っている。切符も焼けてしまったのでわからないのだが、普通に考えれば、しなの鉄道のどこかの駅に行くつもりだったはずである。それも、御代田を出た所で爆破があったのだから、その先だが、上田は新幹線も止まるから上田ではない。一番可能性があるのは、小諸ではないかと十津川はあの時考えたのだ。

そこで、小諸警察署に捜査の協力を頼み、小諸市内のすべての人々を調べてもらった。小諸に住む誰かに、警視総監は会いに行ったのではないか。そう考えたのである。しかし、いくら調べても永井警視総監が会うはずだった人間は、見つからなかった。

結局、永井がどこに行くつもりだったのかは、とうとうわからず、そのうちに、犯人、山中晋吉を逮捕してしまったのである。

「あの時、しなの鉄道の軽井沢と、中軽井沢、信濃追分、そして上田と終点の長野。これを除いたすべての駅を調べて貰いましたが、大変だったでしょう」

と、十津川は改めて、崎田にいった。

「それほど大変だとは思いませんでしたよ。何しろ、大事件でしたからね。長野県下で列車が爆破されたのは初めてだったし、その被害者のなかに警視庁の総監がいたことも前代未聞でしたから。とにかく長野県警をあげて調べました。それでも、あの日、永井警視総監がしなの鉄道のどこの駅まで行くつもりだったのかは、とうとうわかりませんでした。そのことと身元不明者の三人がまだ残っていること、この二つがわれわれの失敗だと考えているんです。それで我々はあなたから、殺された永井警視総監が一体どんな人だったのか、その人となりなども、何回も聞きましたね。そうした警視総監の性格からもしなの鉄道のどこに降りるつもりだったのかを、知ろうとしたんです」

と、崎田はいう。たしかに、その通りだった。

捜査の途中で、死んだ永井警視総監がどんな人間だったか、どんな性格だったか、そしてどこの生まれで、その家族関係までも十津川は、崎田に、説明した。

「一人で考えて話すのはよくないと思い、三上刑事部長あるいは副総監からも電話で話を聞いて、あなたに伝えました」

その時どんなことを話したか、今でもはっきりと覚えている。

永井警視総監は、亡くなった時、五十歳。今までの警視総監に比べると、明るくて、話しやすい警視総監だった。

五年前に妻を亡くしていて、その後、後妻を持たず、中年の独身男性だった。酒が好きだったが、楽しい酒である。十津川のような、下の者とも一緒に酒を飲んで楽しく話をしていた。話のわかる警視総監だったのである。

旅行も好きだった。警視総監だから、滅多に長い休暇は取れないが、そうした休暇が取れると一人で外国を旅行したり、鉄道を使って国内旅行したりしていた。「日本の鉄道旅行」というエッセイを専門雑誌に載せたこともある。

しかし、こうした警視総監の性格は、かえって捜査には邪魔になることがあった。なぜなら、しなの鉄道のどこで降りたかを調べようとすると、そうした性格は曖昧でどうにでも解釈できたからである。

もう一つ、永井警視総監の友人知人や親戚など長野県下には住んでいないこともわかった。住んでいれば、その人物がしなの鉄道のどこかの駅近くにおり、そこへ行くために乗ったのだろうと想像できるのだがそれはなくなった。そう考えると、逆にただ単に小諸に行きたかったから、しなの鉄道に乗ったのかも知れないことも考えられてくるのである。

日曜で休みが取れたので、ふらりと小諸に行きたくなった。そうしたことも考えられなくはなかった。したがって、崎田警部がいったように、最後まで永井警視総監がしなの鉄道のどこまで行くつもりだったのかは、わからなかったのである。

もしあの時、山中晋吉という容疑者が浮かんで来なかったら、たぶん二年経った今でも捜査を続けていたかもしれない。

永井警視総監が殺されているとわかって、急遽十津川たちは、新幹線で軽井沢へ行き、長野県警の崎田たちと合同捜査に入ったのだが、

「あの時は、調べなければならないことが余りにも多過ぎて、どれから手を付けていいのか最初は、迷ってしまいました」

と、十津川がいった。

「われわれも同じですよ」

と、崎田もいう。二年前も、今と同じ問題があった。そのため、犯人は永井警視総監を殺そうと考えて、しなの鉄道の三両連結の普通列車を爆破した、と、まず決めて捜査を始めたのだった。

そのやり方が正しかったかどうか、今も十津川の頭の隅に、疑問が残っていた。幸い、同じ列車に永井警視総監を恨んでいた山中晋吉という男が乗っていたことで、捜査は一気呵成に進んでいったのである。

もしあの時、山中晋吉が、信濃追分で、降りなかったら、たぶん犯人の目的が

一体何だったのか、たまたま乗った永井警視総監を殺す目的ではなかったのではないか。そうした疑問も、同時に生まれていたはずである。

「あの時、今から考えると、幸運が重なったんだと思いますね」

と、崎田警部がいった。

「我々は、しなの鉄道の軽井沢駅から問題の普通列車に乗った乗客について、調べました。そうしたら、軽井沢のホームに設置してあったカメラが、多くの乗客を映し出していたのです。その乗客を一人一人洗っていく内に、永井警視総監が乗ったこともわかったのです。それがわからなかったらと思うと、ゾッとしますね」

「それに、カメラが、山中晋吉の姿も捉えていたんですよね。しかも、二つ目の信濃追分で、すぐ降りてしまい、それで車掌が覚えていた」

「そうです。最初はどこの誰かわかりませんでした。似顔絵を作り、どうやら、東京から来た人間らしいとわかったので、警視庁から来た刑事たちに見せたら、前科があり、永井警視総監を恨んでいる人間だとわかって、それからいっきに捜査が進んだんです」

「もう一つの幸運は、山中晋吉が一二時に爆弾をセットしたことですね。もし、あのセットがもっと遅ければ、我々は山中晋吉がどこで降りたかわからなかったと思うんです。例えば、小諸とか上田とかでしたら、乗客がたくさん降りますから、そのなかに紛れてしまえば我々はわかりませんでした。ところが、犯人の山中晋吉は乗ってすぐ降りてしまいました。一二時ジャストにタイムセットしておいたからです。この信濃追分で降りたのは、山中晋吉一人でした。当然ですよ、軽井沢で乗って二つ目の駅ですからね。ここで降りる乗客はあまりいませんから。それを問題の列車の三両目から降りたので車掌が確認できたんです。我々は山中晋吉が一二時に爆弾をセットしておいて、その手前の信濃追分で降りたと考えました。これで、山中晋吉の容疑がかなり濃くなって、我々は彼に捜査を集中することができました」

と、崎田がいう。

「それでも、我々は、あれこれ考えてしまって、少しばかり迷ってしまいましたね」

亀井刑事がいうと、

「そうなんだ」

と、十津川は肯(うなず)いて、

「犯人の山中晋吉は、永井警視総監がどこで降りるのかを知っていた。つまりその先の、例えば小諸で降りるのを知っていたんじゃないか。だからその前に爆弾を仕掛け、そして自分は一人で降りてしまった。そう考えたんだ。しかし、小諸のことを県警の崎田警部が色々調べてくれたが、どうしても永井警視総監が小諸に用があったとは思えなかった。そこで、総監はもっと先で降りることが決まっていた。例えば、小諸の二つ先とか三つ先だ。それを知っていて、山中晋吉は、用心深く信濃追分で降りてしまった。しかし、そのため、たった一人降りたので、車掌に目撃されてしまった。そう考えることによって、我々は捜査を先に進めることができたんだ」

十津川が二年前の捜査をなぞるようにいった。

「それにしても、永井警視総監は何の用で、しなの鉄道に乗り、どこの駅で降りるはずだったのか、それがいまだにわからないのは、われわれの捜査の失敗だと思っています」

と、崎田警部が正直にいった。

「それはわれわれも同じです」

「六月四日は日曜日でしたから、ただ単に観光で、しなの鉄道に乗ったんじゃありませんか？」

と、いったのは、県警の鈴木刑事だった。

「どうしてそう、思うんだ？」

と、崎田が聞く。

「あの電車には、鉄道ファンが五人も乗っていました。そして、焼け焦げたカメラもいくつか見つかっているし、カメラとしても使える携帯も発見されています。そのなかに永井警視総監のカメラもあったんじゃないでしょうか。爆発と、炎上で、カメラも携帯も壊れて焼けてしまっていましたが、そのなかに永井警視総監のものもあったんじゃないかと思うんです。あの日は晴天で、車窓から浅間山がはっきりと見えましたし、他にしなの鉄道の沿線には、宿場町であったり、様々な景色のよい所がありますから。また、永井警視総監は毎日のように重い仕事をやっていますから、日曜日には信州の景色を写真に収めようとして、そのためにしなの鉄道に乗ったのかもしれません」

鈴木刑事が主張した。

「その通りですがね」

と、十津川は、続けて、

「犯人の山中晋吉は、どうして永井警視総監が二年前の六月四日に、しなの鉄道に乗ることを知っていたかが疑問になります。訊問では、その点、黙秘でしたから」

「その点ですが、二年前の捜査の時、永井警視総監が上田で降りることはなかったと、考えてしまいました。理由は、上田なら、新幹線が停まるからです。しかし、旅を楽しむために、ふらりと、軽井沢で、しなの鉄道に乗ったとすれば、上田で降りるつもりだったのかも知れません。しかし、その前に死んだわけですから、やはり、山中晋吉について調べるのを優先すべきでしょう。もう一度、信濃追分に戻って、山中晋吉の足取りを追いましょう」

崎田の意見に賛成して、十津川たちは、信濃追分駅に向かった。

改めて、小さな駅だと思う。ホームも駅舎も小さい。それでも、朝夕の時間帯には、学校や職場に向かう、あるいは帰る人たちが、いるという。

十津川は、ホームに立って、周囲を見まわした。二年前の事件は、日曜日に起きているし、十二時を三十秒過ぎた時である。降りた時、このホームには、誰もいなかったので、たった一人、降りた山中晋吉は、目立ってしまった。その点、山中は予想していたのだろうか。それとも、計算外だったのか？

もっと、根本的に考えれば、山中晋吉は、最初から、この信濃追分で、降りるつもりだったのか？　それとも、もう一つ手前の中軽井沢を考えていたのか？　山中晋吉本人は、列車に乗ったことさえ否定しているから、この答は、まだ、見つかっていないのである。

「山中は、この駅で降りたあと、どう行動したでしょうかね？」

と、十津川がいう。

「そのまま、ここで、まごまごしていたとは思えません。すぐ、動いたと思います」

と、崎田。

「しかし、山中晋吉は、ここで降りたあと、一つのことを考えていたはずです。

一つは、一刻も早く逃げ去ること。もう一つは、予定どおり、爆発、炎上が起きて、永井総監が死んだことを確認することです。第一の問題では、一刻も早く、なるべく遠くへ逃げなければいけませんが、あまり遠くへ逃げてしまうと、第二の問題の確認ができなくなります。この二つは、相反しますから、あの日の山中晋吉も、迷っていたと思います」

と、十津川は、いった。二年前にも、同じ疑問が、あったのだ。

犯人の山中晋吉は、犯行自体を否定していたから、こちらで、勝手に、想像するよりない。二年前も、今も、状況は同じである。

結論も同じだった。

「逃げることと、爆発の確認の両方ができるといえば、軽井沢の町です。雑沓の なかに紛れ込めますし、しなの鉄道の始発駅ですから、爆発があれば、一番早くわかるところです」

しゃべりながら、十津川が苦笑してしまったのは、二年前も、同じ結論だったからである。

十津川たち警視庁は、途中から捜査に参加している。それでも、犯人は、軽井沢方面に逃げたという結論は、同じだった。

「二年前は、軽井沢へ逃げたと考えました」

「今も、変わりません」

と、十津川が、応じる。

「その方法ですが、二年前には、さまざまな方法が、想定されました。タクシーを呼んだとは思えない。運転手に顔を見られてしまいますからね。バスも同じです。運転手と、乗客の眼があります。それに、犯人は、ずっと、携帯でニュースを見ていたはずです。とすれば、犯人は、ニュースを見ながら、軽井沢に向かったと、二年前には、考えました」

「同感です」

「実際にも、歩いてみました」

「では、今日も、歩きましょう」

と、十津川は、いった。

十津川たち四人は、駅前から、軽井沢方面に向かって歩き出した。

信濃追分から、軽井沢まで、直線距離にすると七・二キロ。だいたい八キロと見ていいだろう。

成人の男なら、徒歩二時間の距離である。

十津川は、携帯（スマホ）のボタンを押し、ニュースを見ながら、歩いた。

二年前の山中晋吉も、ニュースを見ながら歩いたに違いない。

軽井沢に向かって歩くので、浅間山は、左手に見える。

時々、人とすれ違う。車も通る。

十津川は、改めて、頭の中で計算してみた。

問題の列車は、一一時五四分に、信濃追分を出発している。

犯人は、多分、それを確認してから、軽井沢に向かって、歩き出したに違いない。

爆発は一二時〇〇分。正確にいえば、一二時三〇秒に起きている。その時に、犯人は、どの辺りを歩いていただろうか？

犯人が、一時間に、四キロのスピードで歩いていたとすると、一二時三〇秒には、六分三十秒歩いている計算になる。距離にして、四百メートル少し。信濃追分駅から、四百メートル少し離れた地点である。

その地点には、監視カメラはなかったし、十津川たちの計算通りのスピードで、犯人が、歩いていたかどうかもわからないのだ。

次は、この時の犯人の服装である。

問題の列車の車掌が、信濃追分で、ひとりだけ降りた乗客を見ている。

その証言から、その乗客は、山中晋吉と断定された。車掌の証言による服装。

ツバのある帽子。

茶色のジャンパー。

リュックサック。

スニーカー。

手にカメラ。

一般的な旅行者の服装である。日曜日のしなの鉄道の周辺なら、もっとも目立たない服装だろう。

もう一つの問題は、列車の爆発、炎上のニュースが六月四日の何時に、放送されたかである。

主要テレビと、地方テレビは、いずれも「臨時ニュース」として、報道した。

一二時三五分（臨時ニュース）

〈長野県を走るしなの鉄道で、列車の爆発、脱線事故があり、死傷者が出た模様〉

（写真は、しなの鉄道の三両編成の車両）

一三時〇〇分（正規のニュース）

〈本日一二時過ぎに、しなの鉄道の三両編成の普通列車が突然、爆発、脱線し、多くの死者が出た模様です。地元の救急車、消防車が、現場に駈けつけています〉

（写真は、依然として、列車の動かないもの）

一四時〇〇分（正規のニュース）

〈しなの鉄道の爆発脱線事故は、その後の調査で、死傷者が多く大事故になってきています。爆発したのは、三両編成の中央、二両目で、爆発のあと、炎上し、駈けつけた消防による放水にもかかわらず、依然として、鎮火に至らない様子です。しなの鉄道の話では、三両編成の列車の乗客は、各車両に、二、三十名いたといわれています〉

（ヘリコプターで、上空から映した映像。車両の二両目は、燃え続けている）

一五時〇〇分（正規のニュース）

〈問題の列車の一両目と三両目は、脱線横倒しになり車両から、乗客が、助け出されています。負傷者はいますが、死者はいない様子です。爆発した二両目の車両は、依然として燃え続けており、二十名を超す乗客の生死はわかっていません〉

（脱線した車両から助け出される乗客の映像と、燃え続ける二両目の映像）

一七時〇〇分（ゲストが加わる）

〈警察は、この事故を、人為的なものと断定し、捜査を始めた模様です。犯人は、二両目に、時限爆弾を仕掛け、ガソリンの入った缶も、積み込んでおいたと、見

ていますが、犯人の動機は、わかりません〉
（テレビの画面は、半分に、現場の映像、半分はゲストの発言になっている）

一九時〇〇分（ＮＨＫテレビ）
〈二両目の鎮火もようやく成功し、警察は、直ちに、現場検証に取りかかりました。まだ、正式な発表はありませんが、時限爆弾が、二両目に仕掛けられたことは、ほぼ、間違いなく、二両目の乗客は、全員死亡したと思われます。警察は、まだ、犯人の目的は不明としています。なお一両目と三両目の乗客のなかで、五人の負傷者は出ているが、死者はいない模様です〉
（一両目と三両目の乗客の声を放映し、確認できた乗客全員の名前を、報告している。そのなかに、永井警視総監の名前はない）

この日、二一時（午後九時）、二三時（午後一一時）にも、テレビニュースは、この事故を伝えていた。

犯人、山中晋吉は、事故当日、軽井沢のホテルに泊まって、ニュースを見ていたのか、それとも、東京まで逃げてしまっていたのかが、わかっていなかった。

問題は、何時のニュースで、永井総監の死亡を確信したかである。

確信したら、東京へ逃げてしまっているだろう。軽井沢は、現場に近く、危険だからである。

しかし、確信が、持てなければ、危険でも、現場に近い軽井沢に泊まったろう。

現に刑事たちは、二年前に軽井沢のホテル、旅館を片端から調べている。が、山中が泊まった形跡は見つけられなかった。

軽井沢は、今でも避暑地として賑わっているが、最近は避暑地というだけでなくて、若者たちも、一般人も、旅行先として、やってくる。夏冬問わずである。それに対応する店も多くなった。多分、二年前も、同じだったろうから、山中晋吉が、小さな信濃追分の町から、旅行者の集まる、この軽井沢まで歩いて来て、人混みのなかに、紛れ込もうとしたことは、まず、間違いないだろう。

「すぐには、ホテルに入らず、カフェにでも入って、テレビのニュースを見たかったと思いますね」

十津川が、いい、今日も、四人で、軽井沢の駅近くのカフェに入っていった。

山中晋吉は、もちろん、テレビのあるカフェを選んだろう。事故の詳細を知りたかったからだ。ここまで来る途中で、携帯（スマホ）で、列車が、爆発、脱線したことは、知っていたろうが、永井警視総監が、死亡したかどうかを、何としても知りたかったに違いないからである。

二年前と違って今日は日曜日ではなかった。それでも、若者の姿で、というより観光客で一杯だった。あの時も、そうだったが、軽井沢は、今や避暑だけの、あるいは、別荘だけの街ではなくなっているのだ。観光客も溢れているし、観光客目当ての店も多くなった。

時計を見ると、午後二時になるところだった。信濃追分から、ここまで歩いて、二時間かかった。二年前のあの日も、犯人の山中晋吉は二時間かけて、歩いて来て、テレビのニュースを見るために、カフェか、飲食店に入ったに違いない。

「しかし、二時台のニュースは、死者について、詳しくは、報じていませんから、山中晋吉は、ほっとしてはいなかったと思います」

と、崎田が、いった。

「そうなると、一九時（午後七時）のNHKニュースでしょうね。このニュースは、二両目の乗客全員が死亡と報じていますから」

　十津川が、いった。

「午後七時というのが、微妙ですね。山中晋吉が、このニュースを、どこで見ていたのか。二年前にも、彼が、軽井沢に戻って来たと想像できたんですが、軽井沢のどこにいたのかが、わかりませんでしたし、山中は、犯行そのものを否定していたわけですから」

「ちょっと、聞いて来ましょう」

　十津川は、立ち上がって、カウンターの奥にいるオーナーらしき男に近づいて話しかけた。

「二年前の六月四日の事件、覚えていますか？」

「もちろん、よく覚えていますよ」

　と、オーナーは、ニッコリした。

「その時、この店の様子は、どうでした？」

「午前中は、お客がなくて、がらんとしてましたね。それが、一二時に、列車の爆破があったあと、急に、店が一杯になりましてね。うちのコーヒーや、軽食が、美味（うま）いからじゃないんです。うちは、カフェでは珍しくテレビを置いているので、ニュースを見たくて客が入ってきたんです」

「それが、わかりましたか？」

「わかりますよ。だから、店の前に、貼り紙しましたよ。『テレビニュース放送中』って書きましてね」

「あの日は、問題の事件について、一日中、ニュースが伝えていましたよね？」

「そうです。だから、貼り紙したんです」

「どのニュースに、客が反応しました？」

「そうですねえ。やっぱり、午後七時のＮＨＫのニュースかなあ。何しろ、各局のテレビのなかで、最初に、二両目の乗客全員死亡と、断定していましたからね」

「その時の店内の様子は、どうでした？」

「一瞬、わけのわからないような、悲鳴とも、わめき声ともつかない声が響きましたよ」

「お客は、満員でした？」

「ええ」

「どんなお客ですか？」

「ほとんど、旅行客、観光客ですよ。土地の人間は、自宅でテレビを見ればいいんですから」

と、オーナーが、いった。

十津川は、自分のテーブルに戻って、そのまま三人に伝えた。崎田は、肯いて、

「二年前に、捜査した時も、テレビのあるカフェは、満員だったといっていましたからね。それも、ほとんど観光客ですから、そのなかから、山中晋吉を見つけ出すのは、大変ですよ」

「やはり、地道な聞き込みですかね」

と、十津川は、いい、

「他にも、心配なことがあります」

「佐伯の行方でしょう。渋温泉に行った刑事たちは、何か、つかんでいますかね？」

と、崎田が、いう。

十津川には、もっと、大事なことがあった。

誘拐された後藤警視総監のことだった。警視庁は、総力をあげて、行方を追っているはずだが、一週間以内に、果して、見つけられるだろうか？

しかし、この問題は、直接、長野県警と関係がない。

だから、十津川は、口にせず、

「やはり、今回も、地道にやりましょう」

と、崎田に、いった。

第二章　誰か能く此の謀を為す

1

十津川は、改めて二年前の六月四日に起きた事件のことを思い出した。

犯人は、しなの鉄道の三両編成の普通列車の二両目を爆破した。二十二人の乗客が犠牲になり、そのなかに、当時の永井警視総監が入っていた。他に有名人は、いなかった。

そこで、犯人は、永井警視総監を殺すために、二両目の車両を、爆破したのではないかと、警察は考え、新聞各紙もそのように書いた。

今、十津川が考えているのは、永井警視総監の噂であり、その経歴だった。

永井は、いろいろと問題のあった警視総監だった。第一の問題は、永井が、あまりにも政治的に動きすぎるということだった。事実、現在の高杉栄首相と永井とは同郷であり、また、大学の先輩と後輩の間柄でもあった。

普通、警視総監は、というより警察は、政治的に動くことを禁じられているのだが、永井警視総監だけは、むしろ政治的に動きすぎると批判されていた。

こうした批判は、永井が刑事部長の時に、すでに生まれていた。今から七年前である。

高杉首相の友人で、東京ＩＴ産業という会社の副社長だった小田切という人間が、自分の秘書に対して、セクハラ行為を繰り返しているということで告訴されたことがあった。

小田切副社長は女好きで、女性にだらしがないことで知られていたが、あるパーティの時、女性秘書を強引にホテルに誘い、関係を迫った。

ところが、女性秘書は徹底的に抵抗し、そのために負傷してしまったので、小田切は慌てて救急車を呼び、彼女を病院に入院させたのである。

女性秘書の肉体的な負傷は、せいぜい全治一週間程度というごく軽いものだったが、精神的には重症で、彼女は、うつ病になってしまった。

その後、女性秘書は東京ＩＴ産業を辞め、弁護士を通じて、小田切副社長を刑事告訴したのである。セクハラと傷害罪で小田切副社長を起訴してほしいという、弁護士を通じての警察への訴えだった。

その時、当時、刑事部長だった永井は、その告訴を受け付けなかった。その時も告訴された小田切副社長が高杉首相の友人だったので、高杉首相に対して、いわゆる忖度（そんたく）をしたのではないかと噂され、それが問題になったのである。

しかし、この件は、彼女の病死で立ち消えになってしまい、その後、永井は、警視総監になった。異常なスピード出世といわれ、この人事には、高杉首相が裏で動いたのではないかという噂もあった。

新聞のなかには、高杉首相を中心にした古きコネ社会の顔と書いたところもあったし、また、テレビが取り上げて、問題にしたが、ほんの一部のマスコミだけで、噂もいつの間にか立ち消えになってしまった。

そうした空気の流れのなかで起きた犯罪である。あの時、警視庁と長野県警の合同捜査で、山中晋吉の犯行と断定して、逮捕したのである。

十津川たちは、自信を持って、逮捕したのだが、今回、山中晋吉の息子、山中悦夫が現在の後藤警視総監を誘拐し、二年前の事件の真犯人を探して、逮捕しろという要求を突き付けてきたのである。

それに対して警視庁と地元の県警は、今でも犯人は山中晋吉で、間違いないと考えている。

しかし、十津川はここに来て、永井前総監の爆殺犯人はひょっとすると山中晋吉ではなくて、誰か別の真犯人がいるのではないか？　そんなことを考え始めていた。

そんな時に思い出したのが永井元警視総監と、高杉首相との濃密すぎる関係なのだ。

二年前の捜査の時、すぐ、容疑者として、山中晋吉が浮かんできたので、永井と高杉首相との関係や、動機に政治的なものが、絡んでいるのではないかといったものは、考えなかったのである。

警視総監を辞めたあと、永井は、おそらく保守党から立候補して政治の世界に入るのではないか、といわれたものだ。それを現在の高杉首相は、強引にフォローするだろう。

周りの人間やマスコミは皆、そのように見ていた。

したがって、容疑者として山中晋吉が、浮かんで来なかったら、十津川たちは、間違いなく、七年前の、永井警視総監が、刑事部長だった時の事件との関係を考えたはずである。

刑事告訴された東京ＩＴ産業の小田切副社長、それを却下した永井刑事部長、そして、高杉首相を中心としたコネ社会の実態についても、メスを入れることになったかも知れないのである。

この事件では、被害者の花村由美（はなむらゆみ）は、セクハラと、傷害で、小田切を訴えていたのだ。

間違いなく、この刑事告訴は、受け入れられ、小田切は、有罪になるだろうと、いわれていた。

それが、永井刑事部長によって、拒否されてしまった。

この事件は、警察関係者や、マスコミの一部では、話題になったが、社会的には、ほとんど知られていない。

その後、当事者の花村由美は、病死し、この事件のことは、警察関係者も、マスコミも忘れてしまっている。

ただ、この件の刑事告訴で、動いた井上弁護士は、健在で、去年、法律雑誌に、この事件について寄稿して、次のように、書いていた。

〈しばしば、日本では、法律が、権力によって、ねじ曲げられ、法律がコネに敗けるのである。その度に、私は、この日本で、弁護士でいる無力感にさいなまれてしまうのだ〉

そして、〈いつか、花村由美さんが、勇気を持って訴えたセクハラ、傷害事件が、勇気もいらずに、被害者の誰もが訴えられる社会になって欲しいと念じている〉と、結んでいた。

十津川は、もう一度、この事件から、調べ直してみたいと、考えるようになっていたのである。

ひょっとすると、この七年前の事件が、二年前のしなの鉄道の爆破事件に関係しているのではないのか？

そうだとすれば、山中晋吉を逮捕したことは、間違いだったということになってくる。

十津川は、次第に不安になってきて、三上刑事部長に話をしてみた。

しかし、十津川の考えは、一言のもとに笑い飛ばされてしまった。

「今から七年前に起きた事件なら私も覚えている。当時、刑事部長だった永井さんは、現在の首相の友人、小田切副社長への告訴を刑事部長の段階で、握り潰してしまった。それは事実だ。しかし、だからといって、永井刑事部長が、それを差し止めてしまったことが、別に法律に違反しているわけではない。そのことははっきりしている」

と、三上は、いうのだ。

「しかし、その裏には、高杉首相の友人としての助言があって、それが影響したのではありませんか？　そう思えて仕方がないのですが」

と、十津川が、聞いた。

「高杉首相の働き？」

「そうです。いわゆる政治的な配慮ですよ。永井警視総監は、あまりにも、政治的に動きすぎるという批判がある人でしたから、刑事部長の時だって、高杉首相とは親密だったのではありませんかね？　そう考えると、小田切副社長の犯罪を取り上げなかったことは、当時の新聞にも不自然だと書かれています。そして、永井刑事部長は警視総監になりました。小田切副社長のほうは、会社の社長になっています。この東京ＩＴ産業という会社についても調べてみたのですが、税金面での優遇措置を受けていますね。それについては、国税庁の配慮があるようです。さらに調べてみますと、現在の国税庁の長官は、これも永井警視総監と大学の同期で、高杉首相と同郷でもあるのです。そういうことをいろいろと合わせて考えると、何となくきな臭い感じがしてくるのです」

と、十津川が、いった。

それに対しても、三上刑事部長は、笑って、

「たしかに、あれこれと噂が立っているようだが、別に警察や検察が、政治的に動いているわけじゃない。第一、君が、あれこれ考えたって、どうにもならないよ。われわれの第一の任務は、誘拐された後藤警視総監を、一日も早く無事に、

助け出すことだ。とにかく今は、そのことだけに全力を尽くしてくれ。事件が解決するまで、他のことは考えなくてもいい」

と、いった。

その後、十津川が、モヤモヤした気分でいたところに、大学時代の同窓で中央新聞の記者の田島(たじま)から電話が入った。仕事ばかりしていないで、たまには一緒に、夕食を食べようという誘いだった。

十津川が、田島の誘いに乗ったのは、二年前の事件の時、田島が「亡くなった永井警視総監の見えない犯罪」というタイトルで、新聞には書かず、中央新聞が出している週刊誌に記事を書いたからだった。田島は、今でも、その考えを持っているに違いない。そう考えて、夕食をともにすることにしたのである。

「どうだ、捜査のほうは？　うまくいっているのか？」

と、会うなり、田島が聞いた。

「まあまあ、順調にやっているよ」

「どうして、二年前の事件について、改めて捜査をしているんだ？」

「上からの命令で、やっているから、私には、わからないよ」

と、十津川が、いった。

「それにしても、現在の後藤警視総監は、われわれマスコミが、会見を要求しても、まったくといっていいほど応じてくれないね。そのくせ、警視庁と長野県警は、二年前の事件の捜査を、やり直している。その捜査を命令したと思われる後藤警視総監は、再三の要求にもかかわらず、マスコミとの会見を、開こうともしないんだ。どう考えたって、おかしいじゃないか。だから今、マスコミの間でちょっと妙な噂が流れているよ」

脅かすように、田島が、いった。

「どんな噂だ？」

「今、警察は、二年前の事件について再捜査している。が、芝居じゃないかという噂だよ。捜査しているように見せているが、実際には何もしていないんじゃないかという声も、あるくらいだ」

「どうしてそう思うんだ？」

と、十津川が、聞く。

「われわれ記者たちは、何度も三上刑事部長や長野県警本部長に、事あるごとに、質問をしているんだ。だが、二年前の捜査には、何の誤りもない。というだけなんだ」

と、田島が、いった。

その後、二人は、黙って食事をしていたが、急に、田島が箸(はし)を置いて、

「二年前のしなの鉄道の爆破事件については、納得できない部分が多いんだ。おかしいといえば、おかしいんだよ」

と、いい出した。

「何がおかしいんだ？」

十津川が、聞く。

「刑事事件で捕まった犯人が、それを恨んで警視総監を狙うというのは、今までには一度として、なかったことなんだ。警視総監が狙われた事件といえば、例の宗教に関する事件があった。あの事件は、考えてみれば、政治的な事件なんだよ。したがって、日本では、政治的な問題で、警視総監が狙われることはあっても、刑事事件の犯人が、警視総監を狙うなんてことは、今まで、一度もなかったんだ。二年前のしなの鉄道の事件は、本当に異例といってもいいものなんだよ。普通に

考えれば、まず、あり得ない事件といってもいいんだ」

十津川が黙っていると、田島は、同じ言葉をくり返して、

「あの時、われわれマスコミも、警察の発表を疑うことなく、山中晋吉を真犯人と決めつけて、記事を書いてしまった。今になって考えてみると、あれは間違いだったのかもしれないな。永井警視総監が殺されたのは、個人的な恨みなのではなくて、何か、政治的な問題と関係しているのではないか。そんな気がしてきたよ。ひょっとすると、警察も同じように考えて、今になって、急に動き出したんじゃないのか？」

「それは、君一人の意見なんだろう？　中央新聞全体の意見というわけではないんだろう？」

と、十津川が、聞いた。

「今のところは、私一人だけの意見だ。中央新聞としての見解じゃない。しかし、考えれば考えるほど、警視総監殺しが、単なる、個人的な恨みによるものだとは思えなくなってきたよ。だからこそ、警察も今になって、捜査の反省をしているんじゃないのか？」

「いや、違う。そういうことはない。絶対にない」

と、十津川は強調した。

この日は、そのまま別れて、翌日、登庁するとすぐ、十津川は、三上刑事部長に、呼ばれた。

「今回の犯人が、切ってきた期日も、いよいよ明日一日になった」

と、いきなり、三上が、いうのである。

「これからどうしますか？　犯人をこれ以上騙す方法は、ありませんが」

と、十津川が、いうと、三上は、突然ニッコリして、

「容疑者が見つかったんだ」

と、いった。

十津川は、予期していなかった三上の、その言葉に驚いて、

「本当ですか？」

「もちろん本当だとも。それを記者会見で発表する。そうすれば、後藤警視総監は、殺されずにすむ」

「どんな人間ですか？」

「名前は高島隆三、六十歳」

と、三上が、いった。

その名前は、十津川も、知っていた。「日本を愛する会」という保守的なグループがあるが、そこの、広報部長が高島隆三という名前だったはずである。個人的にも「日本綜合研究所」という会を主宰していた。

「高島隆三というと、『日本を愛する会』の広報部長の、あの高島ですか？」

十津川が、いうと、三上は、大きく頷いて、

「ああ、そうだよ、その高島隆三だ。最近、彼の行動が、どうもおかしいと思って、呼びつけて問い詰めたら、二年前に永井警視総監を爆殺したことを、認めたんだ。彼がいうには、当時の、永井警視総監のやり方が、何とも生温い。腹が立って、何度か永井警視総監に会って、考えを改めるように忠告したそうなんだが、永井警視総監は、一向に聞き入れようとしなかった。そこで、鉄槌を下そうと爆殺したと、高島隆三は、いっている。そこで、今日中に、逮捕状を取って、高島隆三を逮捕する」

と、いった。

たしかに、高島隆三の言葉は、常に過激である。それでも人気があるのは、右も左も関係なく、どちらにも、容赦のない言葉をぶつけているからだった。

「刑事部長、念のためにもう一度お聞きしますが、本当に、高島隆三には、二年前の永井警視総監殺しの容疑が、かかっているんですか？」

十津川が、念を押すと、三上は、ムッとした顔で、

「同じことを、何度も聞くな。容疑があるから逮捕するんだ」

「部長、これは、後藤警視総監を、助けるための芝居なんじゃないですか？」

と、十津川が、聞いてみた。

三上は、声を立てて笑って、

「いくら何でも、そんなバカなことを、警視庁がやるはずはないだろうが。とにかく今日中に、高島隆三を、逮捕するんだ。いいか、わかったかね」

と、いった。

十津川は、自分の席に、戻ってから、亀井刑事に、いった。

「今回の逮捕のこと、カメさんも、聞いたのか？」

「永井警視総監殺しの容疑者が、見つかったという件でしょう？　三上部長が、

やたらに大きな声で、怒鳴っていましたから、自然に聞こえましたよ。こうなると、これから、逮捕状を取って、われわれが、高島隆三を、逮捕に行くということになりますね」

と、亀井が、いった。

「それにしても、どうして急に、山中晋吉ではなくて、高島隆三が、ホンボシということがわかったんだろう？　私には、それが、不思議で仕方がないんだが」

「三上部長にいわせると、前々から、高島隆三には過激な言動があって、怪しいと、思っていた。それで、三上刑事部長が会いに行き彼を問い詰めたら、二年前の事件のことを、告白したというんですよ。それ以上のことは、まだ聞いていません」

と、亀井が、いった。

一時間後に、逮捕令状ができ、十津川と亀井は、平河町（ひらかわちょう）にある「日本を愛する会」の事務所に行き、その場で、広報部長の高島隆三を逮捕した。

十津川は高島に逮捕状を示してから、

「何かいいたいことがあるか？」

十津川が、聞くと、高島隆三は、笑って、

「全ては大義のため」

とだけ、いった。

「大義のためというのは、いったいどういうことだ？」

と、亀井が、聞くと、

「大義は大義だ。お前たちのような雑魚にはわからないし、知る必要もない。そんなことはどうでもいいから、とにかく早く、私を、警視庁に連れていけ」

まるで、命令する口調で、高島隆三が、いった。

高島隆三を逮捕したあと、緊急の記者会見が行われた。

記者会見に出席した三上刑事部長が、はっきりいった。

「二年前の永井警視総監殺しの事件に関して、少々疑問があったので、改めて捜査をやり直した。その結果、『日本を愛する会』の広報部長、高島隆三、六十歳が、真犯人であることが判明したため、先ほど逮捕した」

「高島隆三本人は、犯行を、認めているんですか？」

と、記者の一人が、聞いた。

「もちろん認めている。だから、逮捕したのだ」

三上が、きっぱりというと、別の記者が、手を挙げ、

「刑事部長。二年前の、事件ですが、警察はその時、犯人として山中晋吉を、逮捕していますよね。彼は、いったい、どうなるんでしょうか?」

と、聞いた。

「はっきりいって誤認逮捕になる。改めて本人には申し訳ないと思っている」

「たしか、山中晋吉の息子、山中悦夫が抗議をしていましたよね? 父親の犯行とは思えない。絶対に違うと。その件については、どう処理するのですか?」

「山中悦夫とは、会って話し合いを、しなければならない。そう思っている。とにかく二年前の事件については、真犯人が、見つかったのだ」

「ところで、今回、逮捕した高島隆三の、殺人の動機は、いったい、何だったんですか?」

と、別の記者が、聞いた。

「詳しいことは、これからの取り調べで明らかになると思うが、おそらく、政治信条の違いではないかと、思っている。永井警視総監のやり方というのは、高島

隆三から見れば、生温かったんだろう。政府に反対をするような人間は、容赦なく逮捕してしまえ。そうして、都民の気持ちを、ひとつにまとめる。その後は、日本の国民全体の信念とか、覚悟などを、統一する。自由に勝手気ままにやっていては、国としての力が弱くなってしまう。現在のような複雑な国際情勢にあっては、それでは、ダメだ。国論を統一しなければいけない。そのためにまずは強力な愛国心を育てなくてはいけない。そうすれば、言論が統一されて強い国家になれる。今のままでは、日本は滅びてしまう。どうにかして、それを防ぐ手立てを考えなくてはいけない。もっとも大きな力を持っているのは、東京でいえば警視庁である。だから、警察という国家権力について、もっと愛国的に力強い方針を示してほしいと、何回も会って、永井警視総監に要望したのだが彼は、へらへら笑っているだけなので、カッとなって、殺してしまった。高島隆三は、われわれの取り調べに対して、そう答えている」

「山中晋吉が、犯人として逮捕された時には、彼が、三両連結の普通列車の二両目の車内に入っていて、爆弾を仕掛けておいてから一駅手前の駅で降りた。そう発表されていますが、高島隆三は、どうやって、しなの鉄道の、二両目に、爆弾を仕掛けることができたのでしょうか？　乗客として乗り込んで、爆弾を仕掛けたと思うのですが、爆弾が爆発した列車は、二つの駅を通過していますよね？　その間、高島隆三が乗っていたという証拠は、ないわけでしょう？　もちろん、途中の駅で降りたという証拠もありません。その点は、どうなっているんでしょうか？」

「それはわれわれ警察の考えが、根本から間違っていたんだ。われわれは、犯人は車内にいて爆弾を仕掛け、一つ手前の駅で降りた。そう考えて、まったく、疑っていなかったんだ。実際には、そうでは、なかった。列車の外から、爆弾を仕掛けたんだよ。問題の二両目に、中から仕掛けたのではなくて、外から爆弾を取り付けたんだ。それが十二時に爆発するように設定されていた。わずかに狂って、十二時ちょっと過ぎに、爆発して、二十二人の乗客が死に、永井警視総監も死んだ。これが、この事件の真相だ」

「つまり、警察の捜査方針が、間違っていた。そういうことに、なるんですか？」

「その通りだ。今もいったように、犯人は、この列車に乗っていたという先入観念があったので、間違えてしまったのだ。ところが、真実は違っていたんだ。爆弾は列車の中ではなく、外から仕掛けられていたんだよ」

三上刑事部長が、繰り返した。

2

田島から十津川に電話が入った。今日の記者会見について、警察の本音を聞きたい。田島は、そういうのである。

十津川は、少し迷ってから、会うことにした。

田島は、十津川の顔を見るなり、

「私は、今日の記者会見に、最初から最後まで立ち会ったんだ。しかし、どうしても納得できない」

と、いう。

「今日の発表に、君が、納得できるかできないか、それは知らない。申し訳ないが、私には関係ないことだ。しかし、今日、記者会見で三上刑事部長が話したことと、あれがすべてだよ。それ以上でも、それ以下でもない」

十津川は、力を込めて、いってから、

「新聞記者のなかには、今日の発表に対して、何か、疑念を持っている者がいるのか?」

と、聞いてみた。

「ああ、何人かいるね。私の知っている限りでは、四人ぐらいかな」

「その四人は、どんな疑念を持っているんだ?」

「警察は、今まで犯人は山中晋吉だと、いってたじゃないか。それなのに、突然、新たな容疑者が見つかった。『日本を愛する会』の広報部長、高島隆三だと、発表した。こんなことはめったに、ないことだよ」

「たしかにそうだ。めったにないことだが、これは事実なんだ。とにかく、三上刑事部長が記者会見で、本当の容疑者が見つかったといって発表しているんだ。だから、刑事部長の言葉を信じてもらうより仕方がない。今、私がいえるのはそれだけだ」

「私は、君個人の、意見を聞いているんだよ。警視庁全体の意見を聞いているわけじゃない。はっきりいってしまえば、そんなものは、どうでもいいんだ。君が、この件をどう、思っているのか、知りたいのは、その点だけだ」

と、田島が、迫ってきた。

「いくら君に、聞かれても、返事は、今もいった通りだ。二年前、山中晋吉を逮捕したのは、誤認逮捕だった。だから、今回、真犯人の高島隆三を、逮捕した。これが正しい真相だ。刑事部長が、記者会見でそう発表した。新聞は、その通りに、報道してくれればいいんだよ」

と、十津川が、いうと、

「警察は、本当に、それでいいと思っているのか？」

田島が、さらに聞いてくる。

「ああ、それでいいんだ」

と、自分にいい聞かせるように、十津川が、いった。

その日の夕刊には、各紙一斉に、同じような見出しの記事が並んだ。

〈警察が二年前の誤認逮捕を認める〉

〈二年前の警視総監殺しの真犯人見つかる〉

〈『日本を愛する会』広報部長、高島隆三を逮捕〉
〈記者会見で、三上刑事部長が、誤りを認めて陳謝〉

そんな見出しだった。

しかし、中央新聞だけは、大きな発表の裏で、
〈警視庁の発表には、いまだに、若干の疑問あり〉
という小さな記事を載せていた。問題の事件の真犯人が「日本を愛する会」の広報部長というのは、少しばかり意外すぎて信じられないという声もあると、その小さな囲み記事には、書かれてあった。

新聞各紙は、概ね三上刑事部長の記者会見での発表を、そのまま、伝えていたが、そのあとに発行された、週刊誌になると、少しばかり、誌面の様子が違っていた。

「覚悟はしていたが、週刊誌の半分くらいは、今回の記者会見の発表に対する疑問を、書いているね」

と、十津川が、亀井に、いった。

「たしかにそうですが、疑問を持つのも当然だと思いますよ」

「どうして？」

「今回の警視庁の発表は、内部にいる私でも驚いてしまったほど、あまりにも、意外なものですからね」

「このあとは、どうするつもりなのかな？」

と、十津川が、いった。

「問題は、犯人が、後藤警視総監を無事に釈放するかどうかにかかっていると思いますね」

と、亀井が、いった。

警察は、犯人からの連絡を待っていた。犯人のいう通りに、真犯人を逮捕したというのに、後藤警視総監が解放されなければ、すべてが、無駄になってしまう。だから、それをじっと待った。

丸二日、四十八時間経った時、ようやく一本の電話が警視庁に入った。

電話に出た三上刑事部長が、いった。

「われわれは、そちらの要求通りに二年前の事件を再捜査して、真犯人を、逮捕した。これで十分満足したはずだ。すぐ、後藤警視総監を解放したまえ」

それに対して、犯人の山中悦夫が、いった。

「ダメだ。その真犯人を、起訴するまで、人質は解放しない」

「なぜだ？」

「決まっているだろう。そっちが、下手な芝居を打ってるかも知れないからだ。真犯人が起訴されたのを、確認してから、人質は解放する。だから、しっかりと、起訴して、裁判に、持っていきたまえ。そうすることが後藤警視総監の命を、救うことになるんだ。わかったな？」

それだけいって、犯人は、電話を切ってしまった。

犯人、山中悦夫の態度は、予想されたものだった。

警視庁の送検を受け、検察は、すぐ、逮捕した高島隆三の起訴手続に入った。

このことは、三上刑事部長以上で決めたことで、十津川は、まったく相談を受けていない。

その上、普通、刑事事件でも、わざわざ、犯人を起訴したことを、発表したりはしないが、今回は、わざわざ、新聞発表をし、裁判開始の期日まで、公表した。

「犯人との化(ば)かし合いですね」

と、亀井刑事が、十津川に、いった。

「カメさんは、高島隆三は、犯人じゃないと思っているのか？」

「思っています」

「どうして？」

「高島隆三について、われわれは、まったく捜査していませんよ。それなのに、突然、殺人事件、それも、二十二人も殺した犯人として、名前が浮かんで来たんです。どんな捜査をしたのかも、明らかにされていません。そうしたことを考えると、作られた犯人ではないかと、思わざるを得ないのです。ただ、逮捕された高島隆三の気持ちがわかりません」

「今のところ、反抗もせず、黙って、起訴される事実を受け入れているようだ」

「私は、高島隆三という人間を、よく知らないんですが、どんな人物なんですか？」

と、若い日下(くさか)刑事が、聞く。

「若い時は、保守グループのなかの行動派と呼ばれていた」

十津川は、手帳を見ながら、説明した。彼も、高島隆三について、いろいろな知識を集めて、メモしておいたのである。

「ある左翼系の雑誌社に、単身、殴り込みをかけたこともある。この時、受付の女性を殴って、全治一ケ月の重傷を負わせたので、傷害容疑で逮捕されている。その後、行動系から、論理系に移ったが、時には、行動に移ることもある。十二人のグループのリーダーを自任しているが、勝手に、ひとりで、突っ込んだりもする。政治家とも親しく、その点で、コネを大事にする昔風の性格だともいえる」

「コネを大事にですか？」

「特に、高杉首相と親しいことを、自慢にしている」

「そこは、現在の事件に、関係していそうですね」

と、日下が、いった。

「そこを、調べてみるか」

亀井が、応じた。

「どこを調べるんですか？」

「高島隆三の作ったグループと、首相に対して、どんなグループを作っているかだ」

と、亀井が、日下に、いった。

それを聞いて、十津川が、

「二人で、その点を調べてみてくれ」

と、いった。

3

亀井と、日下の二人は、平河町にある高島の事務所を訪ねた。

彼が、若者を集めて創った学習塾も、その事務所の隣りにあった。

その塾長でも、スポンサーでもある高島が、警察に逮捕されてしまったので、こちらも、誰もいないだろうと思ったのだが、若者二人が姿を見せていた。

渡部大輔（わたなべだいすけ）と、今川恭（いまがわきょう）という二人とも二十代の若い男だった。

亀井が、二人に、警察手帳を見せると、一瞬、睨（にら）むように見返したが、

「塾長の高島が、おりませんので、質問にはお答えできません」

と、丁寧に、いった。

「高島さんが、警察に逮捕されていることはわかっていますよ。われわれは、皆さんにいろいろと、聞きたくて、来たんです」

と、亀井は、いってから、

「今、その壁を見ると、首相の写真が掛かっていますね。ここに、来たんですか?」

「三ケ月前に、来られました」

と、渡部が、答えた。

「何の用で、来たんですか?」

「この学習塾の、開校日に、お祝いに、見えたんです」

今度は、今川が、答えた。

「首相は、高島さんと、握手していますね。親しそうですね」

「うちの高島は、高杉首相とは、大学時代の友人だといっています」

「しかし、高島さんは、現在、逮捕され、間もなく、公判が始まりますね。それでも、高杉首相は、高島さんを、友人として扱うと思いますか？」

「高島塾長が、警察に逮捕された直後に、この色紙を頂いています。秘書の方が、持って来てくれたんです」

渡部が、一枚の色紙を大事そうに取り出して、二人の刑事に見せた。

〈誰か能く此の謀を為す
国相　斉の晏子
日本国首相　高杉栄〉

と、そこには、書かれていた。

「何か、奇妙な言葉ですね」

と、亀井が、いった。

よく、意味がわからないが、色紙に書くような言葉でないことは、亀井にも、わかった。

「どんな意味ですか？」

日下が、正直に、聞いた。

渡部は、笑って、

「私にもわかりません。うちの塾長なら、わかるんでしょうが、今、拘置所ですから」

「首相の秘書は、何といっているんです？」

「よく見ていれば、わかってきます。どうしてもというのなら、高島塾長に聞きなさいと、いわれてしまいました」

と、渡部が、答えた。

「それで、これを持って行って、高島さんに聞くつもりですか？」

と、日下が、聞いた。

「いや、できるだけ、自分たちで、解いていくつもりです。しゃくに障りますから」

「私たちも、解いてみますよ」

亀井は、色紙の言葉を手帳に写して、帰ることにした。

警視庁に戻って、十津川に報告する時、色紙の言葉を、見せた。

「高島隆三が、逮捕された直後に、高杉首相が、秘書に持たせて寄越したものだそうです」

「高島隆三の逮捕直後か？」

「そうです。ですから、高島の逮捕のあと、塾に残る弟子たちへの励ましの色紙かも知れません」

と、亀井が、いった。

「漢字だから、何となく意味は、わかりますね。杜甫みたいな、風景や、人生を歌ったものじゃありませんね」

と、日下が、いい、十津川は、

「誰か能く此の謀を為すとあるから、お家騒動みたいにも見えるね」

と、自分の考えを、いった。

「高島隆三の逮捕直後というのが、気になりますね」

「それに、高杉首相の贈り物だというのも、気になるよ」

と、十津川は、いってから、

「調べてみよう」

と、付け加えた。

十津川は、中国詩に詳しい大学教授に、この色紙の文字について、聞いてみることにした。

彼が、教えを乞うたのは、T大学の教授だった。

餅(もち)は餅屋というのか、その大学教授は、あっさりと、

「これは、もっと長いものです」

と、その全文を、さらさらと、書いてくれた。

〈歩みて斉(せい)城の門を出(い)づ
遥(はる)かに望む蕩陰(とういん)の里
里中(りちゅう)に三墳(さんぷん)有り
累々(るいるい)として正に相似たり
問う是れ誰が家の墓ぞ
田疆(でんきょう)・古冶子(こやし)
力は能く南山を排(ひら)き

文は能く地紀を絶む
一朝讒言を被れば
二桃三士を殺す
誰か能く此の謀を為す
国相斉の晏子〉
〈梁父吟〉

「どういう意味ですか？」

と、十津川が、聞いた。

「これは、紀元前六世紀の後半、春秋時代の斉の名臣晏嬰にまつわる話で」

と、ゆっくり話を続けて、

「この頃、斉には、公孫接、田開疆、古冶子の三人がいた。宰相晏子は、この三人が力を合わせたら、斉国の大きな禍になることを恐れ、彼らの離間をはかった。

景公の名によって、三人に二ケの桃を賜り、

『三子、功を計って食らえ』

と、命じた。

功績が大きいと思うものが、桃を取れというのだが、斉の三勇士は、甲乙がつけにくい。だが、桃は二ケしかない。これでは、紛争を起こすだろう。

公孫接は、大猪や若い虎を手で打ち殺したことが、あった。田開疆は、伏兵を置いて、敵の大軍を撃退した実績がある。彼らは、桃を一ケずつ手に取った。たかが、桃一ケという問題ではない。その功を比べるのだから、古冶子が、黙ってはいない。かつて主君が河を渡られた時、大亀が現われて、馬車の馬をくわえて、流れに引き込んだ。その時、私はまだ若くて、泳ぎを知らなかったが、逆流にもぐり、流れに従い、ついに大亀を捕えて殺した。これでも、桃に値しないか。お二人よ。なぜ桃を返さぬか。と詰めよった。公孫接と田開疆は、桃を返した上、先に桃を取ったことを恥じて、自刃した。桃を返して貰った、古冶子も、独り生きるのは、不仁であり、他人に恥をかかせたのは、不義であるとして、自殺した。

わずか二ケの桃を使って、恐るべき三つの勢力を消滅させた。頭脳作戦の勝利である。一兵も損じることなくである。

これを『二桃殺三士』と、いい、奇計を以って、人を殺し、大きな効果を上げる時に使う格言である」

これが、大学教授が教えてくれた意味である。

（少しおかしいな）

と、十津川は、思った。

宰相の晏子が、国の将来に、仇（あだ）なす恐れがある三人の勇者を奇計を以って、亡（ほろ）ぼしてしまったのである。

わずか、桃二ケを使ってである。

「二桃殺三士」の格言があるのだから、中国では、よく知られた話なのだろう。

（しかし――？）

と、十津川は、考えてしまう。

謀を使ったのは、宰相の晏子である。

三人の勇者が、将来、国の禍になることを恐れて、二つの桃を使って殺してしまった。

しかし、宰相の晏子だって、危険な存在ではないか。

いや、宰相の地位にあるのだから、三人に比べて、国家にとって何倍も危険な存在のはずである。

もう一つ、十津川の考えたことが、あった。

それは、高杉首相のことなのだ。

今回、高島隆三は、永井警視総監殺しの容疑者として逮捕された。

その殺人容疑に対して、「誰か能く此の謀を為す」の色紙を送りつけた。

何の意味で、高杉首相は、贈ったのか。

いろいろ考えられる。一番、危険なのは、

「誰かの謀で、お前を殺人容疑者として、わざと、警察に逮捕させたのだ」

の意味で、贈った場合である。

これが当たっていたら、高島隆三は、誰かにいわれて、というより、誰かの謀で、犯人役を引き受けたに違いないのだ。

もちろん、最後には、助け出す約束になっているのだろうが、その約束が、破られたら、どうなるのか。

十津川は、考え続けた。

第三章　小諸と上田

1

問題は、一つに、しぼられた。

二年前の六月四日、爆殺された前警視総監の永井が、どこで、しなの鉄道を降りるつもりだったかである。

犯人は、それを知っていたから、彼が降りる前に、爆殺したという推理は、まず、間違っていないだろう。

そう考えて、しなの鉄道の路線図を見る。

軽井沢と、篠ノ井をつなぐ鉄道である。大きな駅は、軽井沢、小諸、上田、そして終点の篠ノ井である。

列車は軽井沢から三つ目の駅、御代田を出た直後に、爆破されている。

その時、永井は、列車から降りていないから御代田までの駅で、降りるつもりはなかったということである。

そのあとの駅で降りるつもりだったのだ。

まず、小さな駅から、調べることにした。

しなの鉄道を使わなければ、行けない駅である。そして、御代田から、あとの駅になる。

もちろん、県警にも手伝って貰った。が、捜査は意外に、簡単だった。

そこに住む人たちに、会うために、永井が、しなの鉄道に乗ったとして、小さな駅周辺の家に当たる作業である。

意外に簡単だったのは、小さな町で、人口が、少なかったからだ。

次は、大きな駅である。

小諸、上田、篠ノ井の三駅になる。

最初、新幹線の停車駅は、除外した。

永井は、警視総監である。毎日が忙しいから、新幹線の停まる駅に、わざわざ、しなの鉄道を利用しないだろうと、思ったのだ。

だから、上田は、除外してもいいだろうと思った。

しかし、その考えは捨てた。理由は、六月四日が、日曜日だったことと、人間の心理である。

永井が、この日、ゆっくりと地方鉄道に乗って、わざと大まわりして、目的地へ行くつもりだったかも知れないのである。人間は、気まぐれな生きものである。

そこで、小諸、上田、篠ノ井も、降りて調べることにしたのだ。まず、小諸である。

小諸は、しなの鉄道が走っているが、小海線の終点でもある。

人口は、四万ぐらいで、さほど、大きな町ではない。観光の町と、いった方が、当たっているかも知れない。したがって、この町には、観光客をひきつけるものが、数多かった。

小諸城があり、藤村記念館がある。小諸城が有名なのは、明治になって廃城になったのだが、城が壊れていくのを見るに忍びず、旧藩士たちが資金を集めて政府から小諸城を買い受け、改造し、懐古園という名所にしたからである。

現在は、城跡としても有名だが同時に、桜の名所としても有名である。

その他、実際に関ケ原の時に、徳川方の別働隊三万八千が戦場に急ぐためにこの近くを通った時、上田市の上田城に拠った真田幸村と真田昌幸の真田軍が、二千五百の軍勢で三万八千の徳川秀忠軍を翻弄し、関ケ原の合戦に間に合わせなかった。ということでも、有名になっている。

十津川に、小諸に幾つかある城や城跡などを楽しんでいる時間の余裕はない。とにかく小諸警察署の協力を頼んで、二年前の六月四日、永井前警視総監が、ここに来ることになっていなかったかどうかを、改めて調べることになった。

狭くて小さな町で、東京や京都に比べればはるかに小さい町だが、一人の人間を捜す、しかも二年前に来ることになっていたかどうかという曖昧なことを調べるのは大変だった。市警察署の刑事、警官にも永井文彦の写真を持たせ、一斉に調べ始めた。

山城館という有名な蕎麦店にも当たった。別に大変ではなかった。何しろ信州は蕎麦で有名な所である。十津川と亀井自身も小諸に行ったら、名物の蕎麦を食べたいと思っていたのだ。
実際に店に入って蕎麦を食べていると、壁には「お蕎麦の話」という看板が、掛かっていた。小諸地方の盆踊りの歌の一節として、「信州信濃の新そばよりも私はあなたのそばがいい」という文句が書いてあり、毎月月末は蕎麦の日、そして、蕎麦がなぜ体によいかが書かれていた。栄養学的にもよいが、蕎麦を食べる姿は「つるつる」「かめかめ」というので長寿の代名詞になり、蕎麦の愛好者が増えたとあった。

十津川が忘れていた文句である。それで、

「そうか、小諸は蕎麦の産地か」

と、少しばかり穏やかな気持ちになり、少しは心の余裕が生まれた。しかし、午後になっても期待する答えは、集まって来なかった。

結局二日間、小諸の駅や町を調べたのだが二年前の六月四日にこの小諸に、殺された永井前警視総監が来る予定はなかった。断定はできないが、なかったらしいことは、わかったのである。納得して次の上田に向かうことになった。これでもし、上田や篠ノ井でも答えが出なかったら、捜査は壁にぶつかってしまうだろう。

2

上田の町の近くを千曲川が流れている。小諸に比べると、はるかに大きな町である。小諸の人口四万に比べて、上田の方は人口十五万というが、この町も、やはり売り物は上田城であり、真田幸村の六文銭である。

ここに来て、北陸新幹線が停まるようになったので、観光客が増えたという。

ここでも十津川は上田警察署の協力を仰いだ。

旅館やホテルも小諸に比べると、はるかに多くて、ホテル・旅館だけでも二十五もある。この一つ一つに電話を掛け、時には直接フロントに行って、二年前の六月四日に東京警視庁の永井総監が予約をしてなかったかどうか聞くのである。

二年前の問題だが、意外にフロントが覚えていてくれるのは、問題の人間が当時の警視総監だからだろう。それでも、なかなか永井文彦の名前は、出て来なかった。

当然、小諸に比べて、調べなければならない場所は、はるかに多かった。

二年前の六月四日に、永井前警視総監がこの上田に来る予定になっていたかどうか。それを調べると同時に、過去に、永井前警視総監がこの上田の町に来ていなかったかどうか、それも調べてもらった。だが、この方も期待した答えはなかなか出て来ない。

（この方法は間違いだろうか？　答えが出ないのは当たり前なのか）

十津川は少しばかり、調査に、自信がなくなってきた。

上田でも、丸二日間、やって答えが出ない。十津川は疲れて帰京しようとしたが、その時に亀井がいった。

「もう一ケ所、調べる必要のある所がありますよ」

「上田の町は、ほとんど調べつくしたんじゃないのか」

「上田の近郊にある温泉地ですよ」

亀井がいう。

「上田電鉄の終点の別所（べっしょ）温泉だろう？」

「そうです」

「別所温泉の旅館全部に、問い合わせたはずだよ」

十津川がいった。

「たしかにそうなっていますが、あの温泉は古い温泉で、秋のお客を予想して、現在改装している旅館が三軒あるんです。その旅館にも一応電話しましたが、向こうは改装中で忙しく、面倒臭がってそんな人の予約はなかったと答えた可能性もあるんじゃありませんか」

と、亀井はいうのだ。十津川は、首を傾げながらも、その考えを入れて、今度は電話ではなく、実際に二人で上田電鉄に乗って終点の別所温泉に行ってみることにした。

上田駅で、上田電鉄別所線に乗る。沿線に学校が多いということで、車内は、学生の姿が多かった。

別所温泉に着く。たしかに古い建物の多い温泉である。そのためか、亀井がいった通りに、秋の紅葉の季節に備えて改装している旅館が目に入った。亀井は三軒といったが、どうも五、六軒はある感じである。古い温泉だから、一軒が改装を始めると他の旅館もそれを真似るのかも知れない。

二人は改装中の現場に行き、警察手帳を見せ、丁寧に二年前の六月四日に予約していて来なかった客のことを、聞いてまわった。

内湯も外湯もある温泉場である。そのうちの一軒が、当たりだった。

その松乃旅館は、岩盤浴の施設を持っていた。評判がよいので、岩盤浴の場所を二倍に増やすのだという。そこの女将さんに、永井文彦の名前を確認すると、中年の時恵という女将さんは、

「警視庁のお偉いさんでしょう」

と聞き返して、

「たしか、その方の予約を、二年前に受けたことがありますよ」

といい、自分の記憶が正しいかどうかを、番頭を呼んで確認してくれた。

番頭はこんなことをいった。

「二年前の件ですが、滋野にお住まいの笠井さんの紹介ですよ。だから覚えているんです。なんでも、東京警視庁の偉い人が、腰痛に悩んでいるので、うちの岩盤浴に、連れて来たい。そういわれたんです。ところが、事故があって来られなくなってしまって残念だと、女将さんもいってたじゃありませんか」

「笠井さんの紹介だったの？」

「そうですよ。笠井さんのご紹介でした。笠井さんと警視庁の永井さんとは、東京の大学が同じだったのでと、そういう話をしてました」

その言葉で、十津川はホッとした。やっと探していた答えが出たのだ。

十津川は、女将さんと番頭さんに向かって、

「その笠井さんというのは、どういう人ですか？」

と聞いた。

「しなの鉄道に滋野という駅があるんです」

番頭がいう。

「その駅なら知っていますよ」

十津川が頷いた。しなの鉄道のすべての駅の名前を、今回の事件で十津川は覚えてしまった。たしか小諸の次の駅で、上田から見れば四つ手前の駅である。

「そこに住んでいらっしゃる方で、昔は大きな、地主さんでした。今でもお金持ちで、時々うちの温泉に、入りにいらっしゃるんですよ。その笠井さんからの紹介でした」

と、番頭がいった。女将さんも頷いて、

「思い出しましたよ。番頭さんが大声で、警視庁の警視総監の方が、泊まりに来るといって騒いでいましたからねえ」

「その、笠井さんにぜひお会いしたい。滋野へ行ったらわかりますか？」

と聞くと、女将さんが、

「あの駅で降りたら、この辺で、一番のお金持ちと聞けば、すぐわかりますよ。それが笠井さんですから」

といった。

二人はすぐ、上田電鉄で、上田に戻り、上田からはしなの鉄道の普通列車で滋野駅に向かった。

「二年前の六月四日、永井総監はしなの鉄道に乗った。たぶん滋野駅で友人だという笠井という人が乗って来て、一緒に、上田に行くことになっていたんだ。だから、永井総監は新幹線が停まる上田に行くのに、わざわざしなの鉄道に乗ったんだ」

十津川は、そういった。少しばかり興奮していた。

「そうですね。総監は別所温泉の岩盤浴のある旅館を知らなかったから、大学時代の友人の笠井さんという人と一緒に行くことになっていたんですよ」

亀井の声も興奮していた。

「ただ問題は」

と、十津川がいった。

「二年前に、爆破事件があったのに、どうしてその笠井という人は警察に知らせて来なかったかだ」

滋野駅に着く。小さな駅である。タクシーも出払ったのか、駅の前にその姿がなかった。

そこで、少し歩いた所にあるラーメン店に行き、ラーメンを注文してから別所温泉でいわれた通りに、

「この辺で一番のお金持ちはどなたですか」

と聞くと、店の主人は笑って、

「笠井さんですよ」

といった。

「その、笠井さんを訪ねて行きたいんですがタクシーはありますかね」

と聞いた。相手は、

「私がご案内しますよ」

といってくれた。

「店はいいんですか？」

と聞くと、店の主人は、またにっこりして、

「息子がいますから大丈夫です」

といった。

ラーメンを食べ終わってから、店の主人が運転する軽自動車で、問題の笠井邸に向かった。

車で五、六分で、いかにも、昔の大庄屋（だいしょうや）といった感じの屋敷に着いた。

ここでも十津川は警察手帳を見せて、この屋敷の主人、笠井道雄（みちお）という五十代の男に会うことができた。

奥座敷に案内され、十津川が改めて肩書付きの名刺を差し出すと、笠井は、

「いらっしゃった理由は、だいたい想像がつきます」

と、微笑して、

「二年前の六月四日の件でしょう」

という。

「その通りです。この日、しなの鉄道の列車が爆破されて乗客の一人の永井警視総監が亡くなりました。いろいろと調べた結果、犯人が狙ったのは、永井警視総監ではないかという結論に到達しました。あの日、笠井さんは総監と一緒に、別所温泉の松乃旅館に行かれる予定になっていたそうですね」

と、十津川が聞いた。

「その通りですよ。事件の起きたあと、なぜそのことを私が警察に知らせなかったのか、その答えを私に聞こうとして、いらっしゃったんでしょう？」

と、笠井は、いう。

「おっしゃる通りです。できたらその答えを教えて下さい」

と、十津川がいった。

「いわなくてはいけませんか？」

「ぜひ、話して頂きたい」

十津川が、重ねていうと、笠井は、

「実は、あの列車に、私の一人娘が、乗っていたんですよ」

と、いう。その言葉で、十津川は、

「えッ」

という顔になった。

たしかに、御代田で亡くなった乗客のなかに、地元の人間が十一人いることがわかっている。

「あの地元の人間のなかに、笠井という名前があったんだ。この人の娘さんだ」

「本当ですか」

と、亀井も、驚いたらしい。

「あの日、私は犠牲者のなかに娘の名前を発見して、嘘ならいいと思ったもんです。でも、事実でした。その後、新聞記者が押しかけて来るわ、親戚知人たちからお悔やみの電話が掛かってくるやらで、その応対に追われましてね。永井君のことを警察に話すような、気持ちの余裕がなかったんです。今になれば、申し訳ないと思っているんですが。察して下さい」

と、笠井はいった。

「あの列車に娘さんが乗っていることは、最初は、知らなかったんですか？」

と、十津川が聞いた。

「あの日、昼頃の列車で、帰るという電話は貰っていました。でも、まさか、あの列車に乗っているとは思わなかった。娘が乗っていたとわかったのは、夕方ですから。もちろん娘のことがなければ、すぐにでも警察に永井君のことを、話していましたよ」

「わかりました。納得はしましたが、あの日のことをおさらいしたいんです。永井総監を別所温泉へ誘ったことは、本当なんですね？」

「もちろん本当ですよ。彼とは大学の同窓でしてね。電話があったりすると、その度に腰が痛くてしょうがないというので、うちの近くの温泉の岩盤浴が腰痛によく効くというから、六月四日の日曜日にそこへ案内する。一緒に行かないかと。それで私が、しなの鉄道に乗って上田の別所温泉へ案内することになったんです。あの旅館の岩盤浴の話は本当ですよ。よく効くんで、評判なんです。それで、六月の日曜日に永井君を連れてってやろうと思いましてね」

「なぜ、しなの鉄道の列車で落ち合うことにしたんですか？　上田線の終点の、別所温泉で落ち合った方がわかりやすいんじゃないですか？」

これは、亀井が聞いた。

「たしかに、いろんな方法はありましたよ。私が車で、軽井沢へ迎えに行ってもいい。そう思っていたんですが、永井君がね、旅行好きなんです。それに、鉄道好きでもあって、しなの鉄道に乗ってみたい。君の家もたしか、しなの鉄道の駅の近くにあるんだろう？　そこで落ち合って上田に行こう。そう、いわれたんですよ。彼の鉄道好きは、大学時代からですからね。私も、旅行が好きだから、車で行くよりもしなの鉄道で行った方が面白いだろうと思って、ＯＫしたんです」

と、笠井がいった。

十津川が黙っていると、今度は笠井の方から、

「新聞で見たら、爆破犯人の真犯人が見つかったと出ていましたね。あれは本当なんですか？　たしか、前科のある山中という人が犯人だったんじゃありませんか？」

と、聞いてきた。

「山中晋吉が犯人だと思って逮捕したんですが、それが誤認逮捕とわかりましてね。やっと真犯人を捕まえました。高島隆三という、六十歳の男が、真犯人でした」

「その、高島隆三という男は、どういう人間なんですか？」

と、今度は笠井がしきりに聞いてくる。好奇心が働いているのだろう。仕方がないので十津川は簡単に、

「男を売り物にしている人間です」

「そういう人ですか」

笠井は頷き、

「そういう人たちにとっては、今の世の中はお説教したいことばかりあるんでしょうね」

といった。

十津川と亀井は礼をいって外に出ると、十津川は東京の日下刑事に電話を入れ、

「二年前の、六月四日に起きた爆破事件だが、死亡者のなかに笠井という若い女性がいたかどうか調べてくれ」

と命じた。すぐ、返事が来た。

「笠井まなみ二十四歳。長野県の女性です」

という返事だった。十津川は携帯をしまいながら、

「あの笠井という男の話は本当だったよ。彼の娘が、問題の列車で死んでいるんだ」

と、亀井にいった。

「こうなると、あの笠井は爆破の容疑から外れてしまいますね」

と亀井がいった。

東京に戻ると、十津川は三上刑事部長に経過を報告した。

「二年前の六月四日、問題の列車になぜ、永井前警視総監が乗っていたのか、その理由がわかりました。しかし、これで一層、現警視総監の救出が難しくなりました」

と、報告した。

「それで、現在真犯人として逮捕し、新聞に発表した高島隆三ですが、本当に向こうからこの嫌な役を買って出てくれたんですか？」

と、十津川が聞いた。

「そうだよ。色々と警察に迷惑を掛けてきたから、この辺でお礼奉公がしたい。そういっている」

「しかし、これまで高島隆三を逮捕したり、刑務所にぶち込んだりしたのは、刑事部じゃなくて公安でしょう」

「まあ、高島にしてみたら刑事部も公安も、同じ警察に見えるんだろう」

と、三上が笑う。

「でも、これから、どうなっていくんですか。犯人の山中悦夫は、後藤警視総監を、解放しますかね？」

「一応、真犯人を逮捕したとこちらが発表してるんだから、山中は、後藤総監を解放するんじゃないかね。彼の要求は通ったんだから」

「しかし、途中で高島隆三が気を変え、『俺は犯人じゃない。警察にはめられたんだ』といい出したら、どうするんですか？」

「そうなれば、問題になるかもしれないが、その前に何とかして後藤総監を解放させればいいんだ。そのあとの高島隆三の扱いはどうにでもなる」

と三上はいった。十津川は、少しばかり楽観が過ぎると思った。

「私には、高島隆三がなぜ、こんな役を買って出たのか、どうしてもわからないんですが、何か得することがあるんでしょうか？」

と、聞いた。

「だから、今いったようにだね、高島自身はいろいろと警察には面倒を掛けたので、この辺で恩返しをしたい。そういっているだけだ。私が本当にいいのかと聞いたら、『男が一度口に出したことは、絶対に変えません』と大きな声で答えたよ。私は、その言葉を信じているだけだ。今もいったように、こうしておけば、犯人は、後藤総監を殺さないだろう。その間に何とか奪い返したい。だから君たちにも頑張ってもらわなきゃ困るんだ」

と、三上がいった。

それでもなお十津川は不安だった。高島隆三は、油断のできない男である。それだけに、彼が恩返しだけで犯人の役を買って出たのはどうにも信じられないのである。そこで亀井を連れて、東京拘置所に収監されている高島隆三に会いに行った。

高島は血色もよく、むしろ楽しそうな表情だった。十津川も、この男が真犯人の役を買って出てくれていると、わかっているから、自然に言葉も丁寧になってくる。

「毎日が楽しそうですね？」

「そりゃあ、楽しいよ。人のためになるのがこんなに楽しいとは思わなかった。今まで人に迷惑ばかり掛けてきたからね。食事は差し入れでおいしいし、風呂も一日おきに入れる。その上、読みたい本もすぐに差し入れてくれる。こんなに嬉しい、楽しいことはないね」

というのである。

「新聞は見ましたか。二年前の事件の真犯人として、『団体役員高島隆三を逮捕』という新聞の記事ですよ。あれを見ても、楽しいですか」

と、十津川は、聞いた。

「だから、いってるじゃないか。後藤総監が解放され、犯人の山中悦夫が逮捕されれば、すべて万々歳じゃないか。私だって解放されれば、警視総監を、助けたことを、少しは、自慢できる。嬉しいよ。それに、悪党相手にこんな芝居を打つのは楽しいもんだ」

　と、相変わらず、嬉しそうなのだ。

「しかし、あなたの名前が傷つきますよ。それは簡単には拭えないと思いますがね」

「その時には、国を挙げて大々的に、私の名誉を守って貰う。芝居の件と、私が後藤警視総監を助けたこと、それを新聞に発表してもらう。この約束は、できているんだ。だからこうして、安心しているんだよ」

　と、高島はいった。

「奥さんは反対しなかったんですか？」

　と、亀井が聞いた。

「うちのカミさんは、認知症で記憶力がどんどん薄れていっている。たぶん、私が拘置所にいることだって、忘れてしまっているはずだ。また、私の会の人間は、すべて私が国を助けるために自ら進んで、真犯人の役を買って出た、そのことをよく知っている。後藤総監が助かって、私が出所する時は、大々的にお祭りをやってくれる手はずになっているんだ」

「しかし、あなたが逮捕されたことだけを覚えていて、あなたの義俠心とかは忘れてしまう人が、いるかもしれませんよ」

「そうしたら、私が、助けてやった後藤総監に何とかしてもらうさ。警視庁の全力を挙げて私を、英雄にしてもらおうじゃないか」

「そうならない時はどうするんですか?」

「その時は、警視庁に責任を取ってもらう。三上部長が私の所に頭を下げて、頼みに来た時、その時の会話を、全部録音し、録画もしてあるからね。私を怒らせたら、警視庁は、潰れるよ」

今度は、十津川を脅かした。

たしかに、この男なら、すべてを、用心深く録音し、録画しているかも知れないと、十津川は思った。そのくらいのことはやりかねない男である。

東京拘置所をあとにすると、歩きながら亀井がいった。

「三上部長が、やっぱり、あの男に頼んだんですね」

「そうだよ。あの男は、昔から、三上部長の知り合いだ」

「今まで、あの男のことが心配だったんですが、今は逆に、警視庁の方が心配です。あの勢いだと、何をやらかすかわかりませんからね」

と、亀井がいう。

警視庁に戻ると、三上刑事部長が待ち構えていて、十津川にいった。

「一週間後、山中悦夫が記者会見を開くそうだ。弁護士立会いのもとだ。新聞各社、それにテレビ局にも通知が行ったらしい」

「何をするつもりでしょうか？」

「大々的に高島隆三が真犯人として逮捕されたので、父親の名誉は保たれた。しかし、今までの誤認逮捕の傷は消えていない。そこでこの際、名誉棄損で警視庁を告訴するそうだ」

「山名悦夫の目的は何でしょうか？」

「たぶん、金だろう」

と、三上がいった。

「金ですか」

「真相をバラすといえば、こちらが困って金を出すと考えているんじゃないか。副総監に聞いたら、副総監も同じことをいってらっしゃった」

「しかし、真犯人について公表したんですから、山名悦夫は、総監を解放するんじゃないでしょうか？」

「その時、取引をやると私は思ってるんだ。金を払わなければ総監を解放せずに、真相をバラすと。あの男がやりそうなことはそんなことだ」

「そうなったら、どうするんですか？　真相を話しますか？　しかし、世論はどうなんですかねえ。警視総監の命を助けるために、仕方なく一芝居打った。それを許してくれるでしょうか。それとも、そんなことまでするのかと、非難が警察に集まるかも知れませんね」

「今から一週間以内に何とかしろ」

と、不機嫌な顔で三上刑事部長が十津川に命令した。

十津川は、部屋に戻った。

小さく溜息（ためいき）をつく。

心配して、亀井が、寄ってきた。

「どうなりました？」

と、亀井が、聞いた。

「一週間以内に何とかしろと、三上部長に、いわれた」

「そんなことだろうと思いました。上司は、いいとこ取りで、後始末は、下に任せるんですよ。どうするつもりです？」

「そうだな。これなら、簡単だよ」

十津川は、指鉄砲を作って、

「ばあーん」

と、いった。

「拳銃で、どうするんです？」

「まず、山中悦夫に会って、拳銃で脅して、後藤総監を助けてから、ばあーんと一発お見舞いして、山中悦夫に死んで貰う。次に、その足で高島隆三に会いに行って、二発目をお見舞いする。これで、万事解決だ」

「まさか、そんなことをやるつもりじゃないでしょうね？」

「一瞬、やってみようかと思ったよ。さぞ、爽快だろうね」

「考えないでください。私も、ときどき、考えるんですから」

と、亀井が、いった。

十津川は、笑って、

「いつもの通り、地味に、連立方程式を解くことにするか」

「最初に、何から取りかかりますか?」

「何よりも、まず、後藤総監の解放だ。山中悦夫に会って、解放させなければ、ならない」

と、十津川は、いった。

「しかし、山中悦夫の居所は、わかっていないでしょう?」

「だが、間もなく、彼の方から、連絡してくるはずだ」

「わかりますか?」

「われわれが、高島隆三に、芝居をやらせていることは、山中悦夫にも、わかっているはずだ。だから、彼も不安だろう。いつ、高島隆三の気が変わるかわからないからね」

と、十津川が、いった。

「しかし、そうなったら、後藤総監を殺すんじゃありませんか?」

「その心配はある」

「どうするんです？」

「今、冷静に考えてみた。二人の立場になってだよ」

「二人というのは、高島隆三と、山中悦夫ですね？」

「そうだ。高島は、警察に恩を売ってやったと得意になっている。山中は、警視総監を誘拐したから、自分の立場が一番強いと思っているだろう」

「私も、そう思いますが」

「冷静に考えてみた。まず、高島隆三だ。あの男ほど評判の悪い人間はいない。彼を殺したがっている奴は、五、六人はいると聞いた。だから永井前総監を殺したと自首したのは、警察に恩を売る目的だけじゃなくて、警察にいれば安心だという計算もあるんだ。山中悦夫は、彼が、後藤総監を殺せば、殺人犯として追われることになる。それも、警視総監を殺したら、桜田門全体を敵にまわすことになるんだ。それに、父親の汚名は、晴れない。こう考えると、二人とも揃って、崖っぷちに立たされているんだよ」

「それは、わかりましたが、これから、どうしますか？」

と、亀井が、聞いた。

「まず、午後一時に、記者会見を開く」

と、十津川が、聞いた。

「記者会見を開いて、どうするんですか？」

「高島隆三が、二年前の永井前総監殺しで、自首してきたが、あいつは、犯人じゃないという投書が、何通も来ている。それで、困っていると発表する」

「そんな投書は一通も来ていませんよ」

「だから、一時までに作るんだ。三通もあればいいな。パソコンで作ればいい。別人からの投書と思えるように、文章を考え、封筒も別封筒がいい。誰か文章のうまい奴はいないかな？」

「北条早苗（ほうじょうさなえ）刑事が、大学時代、文学部のはずです」

「じゃあ、彼女に、頼んでくれ」

「これは、高島隆三に対する脅しですね？」

と、亀井が、聞く。

「いや、山中悦夫に対する脅しだよ」

と、十津川は、いった。

三通の投書が作られ、午後一時の記者会見が、用意された。

今日の記者会見は、三上刑事部長ではなく、十津川の名前で、集まって貰った。

十津川は、記者たちに、向かって、話した。

「二年前の永井前警視総監殺しですが、皆さんのおかげもあって、犯人の高島隆三を逮捕できました。ところが、そのあとで、高島隆三は、犯人じゃない。あんな男に、警視総監を殺せるはずがない。まして、列車爆破みたいなことなんか無理だという投書が、殺到しているんです。それで、高島隆三の前科を調べたんですが、たしかに大きな事件をやってはいないんです。人を何人も殺したといいますが、調べてみると、本人が、吹聴(ふいちょう)しているだけで、証拠はなかったりします。それで、弱っています」

「投書は事実なんですか？」

「事実です」

「それを読ませて貰えませんか」

「代表的なものを、三通持って来ましたから、皆さんで、眼を通して下さい。新聞に発表しても構いませんよ」

と、十津川が、いった。

用意した三通を渡すと、記者たちが、急に、騒ぎだした。記者たちが、はっきりと、関心を示したのだ。

その結果、多くの新聞が、投書を載せて、次のように書いた。

〈警察は、真犯人の高島隆三に、疑いを持ち始めたらしい〉

同日の夜、九時過ぎに、待っていた山中悦夫から、電話が、かかった。

「新聞が、書いていたことは、本当なのか？」

と、いきなり、山中が、聞いた。

「新聞は、勝手に書くからね。なかには、想像で書いたものもあるが、本当のこともある。どちらにしろ、メディアは、抑えられない」

と、十津川は、答えた。

「いつ、裁判が開かれるんだ？　高島隆三自身が、犯人だといっているんだから、すぐ、裁判を開いて、刑を確定すべきだろう。なぜ、ぐずぐずしてるんだ？」

「私としても、早く結着したいのだが、記者たちに話したように、犯人は、高島隆三じゃない。あんな男に人が殺せるはずがないという投書が殺到しているんだ。それに、高島隆三の自首はあったが、証拠は、何もないんだよ。高島のことを調べてみると、詐欺（さぎ）みたいな事件を、やっていて、信用できない。だから、ここにきて、起訴をためらう人が多いんだ。特に、検察の上層部がね」

「人質の後藤総監を殺してもいいのか？　おれは、拳銃を持っている。引金をひけば、人質は死ぬんだぞ。これ以上、遅らせたら、おれは、腹を立てて、引金をひくことになる。わかっているのか？」

　山中の声が、大きくなった。

「こちらにも、いいたいことがある。君が、後藤総監を殺せば、殺人犯として、逮捕する。逃げても、永久に追いかけてやる。後藤総監は、警察の頭（かしら）だ。彼を殺せば、警察全体を敵にまわすことになる。三十万人の警官を敵にまわすんだ。それに、高島隆三の裁判も、遅くなる」

「どうしてだ？」

「後藤総監が、殺されたら、誘拐されていたことが、明らかになる。そうなれば、誘拐事件の方が、主になる。警察は、全力を挙げて、誘拐犯を追う。二年前の事件は、犯人が逮捕されているんだから、どうしても、あとまわしにされる。その上、総監が殺されたとなれば、これほどの屈辱はない。とにかく、犯人逮捕に全力を挙げるだろう。君は、追いまわされるんだ。日本中に、君の顔写真が、張られるんだ。こうなったら、大変だぞ。君のそばに、警官がいるようになるんだ」

「だから、いってるだろう。一刻も早く、高島隆三を、二年前の大量殺人と、永井前総監殺しで、起訴して、裁判にかけろといってるんだ。そうしてくれれば、後藤総監は、すぐ、解放するよ」

「残念ながら、そう簡単じゃないんだ」

「どうしてだ?」

「君がいったように、大量殺人なんだよ。私と君との間では、永井前警視総監殺しになっているが、実際には、大量殺人のなかの一片でしかないんだ。起訴するとしても、全員を、一人一人について、当日の行動を、調べて、正確に、起訴状を書かなければならないんだ。永井前警視総監他何名と書いては、駄目なんだ。死んだ乗客の一人一人についての起訴状が、必要なんだよ」

「それなら、すぐ、やってくれ」

「これから始めても、一人の起訴状で、半日はかかるんだ。間違えた起訴状を作ったら、犯人が、無実になってしまうからだ」

「時間稼ぎをやってるんじゃないだろうな」

電話の声が、荒っぽくなる。いらついているのが、よくわかる。

「なぜ、時間稼ぎなんだ？　いいか。警察として、こんな不名誉なことはないんだ。前総監を殺され、現総監を誘拐されているんだ。一刻も早く、解決したいじゃないか」

十津川は、勘で、今なら、相手の上位に立てると直感して、少しだけ、口調を強くした。

案の定、相手は、怒らず、逆に、

「どうしたらいいと思ってるんだ？」

と、聞いてくる。

「まず、後藤総監を解放しろ。そうすれば、今から急いで、乗客一人一人の起訴状を書くことを約束する」

と、十津川は、いった。

すぐに、その答は、戻って来なかった。

間をおいて、相手が、いった。

「期日を切ろう。今日を入れて、三日間、そっちは、全員の起訴状を作れ。そうすれば、後藤総監を解放する。それ以外の約束はしない」

電話は、切れた。

「山中悦夫からでしたか？」

と、亀井が、声をかけてきた。

「そうだ」

「何といってきました？」

「二年前のしなの鉄道爆破事件で、高島隆三が、犯人になっている。彼を早く起訴しろと、いってきた。そうすれば、後藤総監を解放するとだ」

「何と、返事をされたんですか？」

「二年前、しなの鉄道が爆破されて、何人もの乗客が死んでいる。そのなかに、永井前総監がいたので、総監一人が死んだように錯覚してしまうが、二十二人が、殺されたんだ。その一人一人に、起訴状が要るから、簡単ではないんだと、いっておいた」

「それで、山中悦夫の反応は、どうでした？」

「とにかく、早くやれの一点張りだ。なぜか、焦っていたよ」

「それで、結局、どうなったんですか？」

「期限をつけてきた。今から三日以内に、高島隆三を起訴しろ。そうすれば、後藤総監を解放すると」

「たしかに、山中悦夫は、焦っている感じですね。なぜですかね」

「問題は、高島隆三だと思っている」

と、十津川は、いった。

「よくわからない男ですが、二年前の事件で自分が、しなの鉄道を爆破したことは、認めていますね」

「しかし、彼の罪歴を調べてみると、ほとんどが、詐欺など、経済事犯なんだ。殺人が一件あるが、これも、相手を刺したが、すぐ絶命せず、したがって最初の罪名は殺人未遂だった」

「高島は、自首してきたんでしたね？」

「そうだよ。車両爆破の光景が、眼にやきついて眠れないといって、自首して来たんだ」

「車両の外から、やったといってましたね？」

「それまで、犯人は、車内に爆弾を仕掛けたと考えられていたが、高島は、外から取りつけたと、いっている。無人駅に停まったとき、三両連結の二両目に、外から、磁石状の爆弾を、取りつけたというんだ。時限装置つきだ」

「その点は、やたらに詳しかったですね？」

「実際にやったから詳しいのか、本か雑誌で勉強したから詳しいのか、判断がつかない」

と、十津川は、いった。

その点も、十津川には、自信がないのだ。

高島が、犯人でも、おかしくはない。しかし、彼に、鉄道車両を爆破して、何人もの人間を殺すような真似ができるだろうかという疑問もある。

それにもかかわらず、高島隆三を逮捕し、それを発表したのは、すべて、誘拐された後藤警視総監救出のためなのだ。

高島隆三を、しなの鉄道爆破の犯人として逮捕し、それを発表しなければ、山中悦夫が、後藤総監を殺害する恐れがあった。それを防ぐためだったということがなければ、こんな危い橋は、渡らなかったと、今も、十津川は、思っていた。

そのことは、捜査会議でも、十津川は、説明していた。

「高島隆三は、危険な爆弾です」

と、十津川は、捜査会議で、話した。

「彼が、犯人ではないということか？」

と、その時、高島が犯人ではない、とわかっているはずの三上部長が、質問している。

「かなりの確率で、その可能性はあります」

と、十津川は、いった。

「しかし、自供しているんだ。裁判の時に、ひっくり返すかも知れないのか？」

「そうです。強力なアリバイを隠しておいて、それを持ち出すことが、考えられます」

「高島は、なぜ、そんなことをするんだ？」

「唯一、考えられるのは、警察に対する復讐です。彼の犯罪は、ほとんど経済事犯ですが、そのため、刑務所に入っている時間が長い。また、絶えず、無実を主張していますが、一度として、それが、受け入れられたことは、ありません。そうした自分のマイナスを、すべて、ひっくり返そうとして、自首してきたことも考えられます。今回のような大きな事件で、一転無罪となれば、それまでの汚名を消して、警察に復讐できると、考えているのかも知れません」

これが、捜査会議での十津川の主張だった。

その不安は、今も、十津川には、あった。

第四章　容疑者たち

1

十津川は、不思議な気がしていた。二年をおいて事件が起きた。二年前の大量殺人事件、そして、二年後の誘拐事件。どちらも登場人物が、揃(そろ)っている。それなのに、どこかぎくしゃくしているのだ。しっくりした手応えがない。それを何とか整理して、事件を解決しなくてはならないのだ。

三上刑事部長は、三日間で何とかしろといった。

そこで、十津川は、部下の刑事たちを集めて、

「笠井の娘まなみについて調べてくれ。彼女は当時二十四歳だったが、それまで

どんなことをしてきたのか、その点を中心に調べてくれ」

と、いった。

「彼女の、何が問題なんですか？」

「まず二年前の問題の列車に、なぜ彼女が永井前警視総監と一緒に、乗っていたのか、それを、確認したい」

と、十津川が、いった。

刑事たちが、すぐ、聞き込みに走った。

すでに死亡している相手である。たちまち丸一日で調べ終わって、亀井が、十津川に報告した。

「笠井まなみ、当時二十四歳、笠井道雄（みちお）の一人娘です。彼女は、笠井が、二十六歳の時に生まれた一人娘で、溺愛（できあい）して育てました。笠井まなみは、地元の高校を卒業したあと、東京に出て、大学に進学しました。ところが、彼女が、大学三年生の時、自分の運転する車で、交通事故を起こしています。前方不注意で、横断歩道を、渡っていた老人をはねてしまったのです。老人は重傷を負いましたが、命は取り留めました。この時、笠井まなみは、当時付き合っていた、同じ大学の四年生の男とのドライブの帰りで、酒酔い運転の罪も、追加されています。驚いた父親の笠井道雄は、自分の知り合いで、警視総監だった永井文彦に、何とかしてくれと、電話をかけています。なるたけ穏便に、処理してもらえるように頼んだものと思われます。その後、笠井まなみは、禁固一年、執行猶予三年で、実刑を免れています。父親の笠井は、すぐに、東京を引き払って、郷里に帰ってくるようにと、いいましたが、まなみは、父親の命令を、無視して、東京に残りました。永井総監が世話をした小田急線沿線のマンションに、住むようになりましたが、父親が、再三すぐに帰ってこいといったにもかかわらず、まなみは、実家に、帰っていません。これは、私の勝手な、推測なのですが、当時、永井総監は奥さんを五年前に亡くして、やもめ暮らしでした。息子さんがいるのですが、すでに、家庭を持っていて九州に、住んでいます。永井総監は、この頃、独身だったのです」

「それで、カメさんがいいたいのは、二人の間に、男女関係ができたのではないか。そういうことか？」

「そうです。が、あくまでも、私の勝手な推測ですが」

「カメさんのことだから、しっかり調べたんじゃないのか」

「当時、笠井まなみが、住んでいたマンションに行って、調べてみました。管理人は、こちらの質問に対して、こう答えています。時々、五十前後と思われる紳士が訪ねてきていました。身長は百八十センチ、やせ形で、少し猫背ぎみの男性だったといっていました」

「外見は亡くなった永井前総監に似ているね。それで、カメさんは、永井総監だと確信したんじゃないのか？」

「念のために、永井総監の写真も、見せてみました」

「そうしたら？」

「管理人は、何もいわずに、ただ、ニコニコと笑っていましたね」

「カメさんは、私と一緒に笠井道雄に会っていたね？」

「はい。彼の豪邸に、行きました。警部と一緒に」

「それで、カメさんは、彼をどんな男だと、思ったんだ？」

「あの辺では、一番の資産家で、鷹揚(おうよう)な人間に見えましたが、同時に、かなり、傲慢(ごうまん)な男ではないかと思いました。自分では、わかっていないでしょうが、人を見下すような感じがあります。永井総監とは、大学時代の同窓だということで、永井君と呼んでいましたが、すでに社会人になって、永井さんは、警視総監になっていますから、普通だったら永井君とは呼ばずに、永井さんと、呼ぶでしょう。そういうところが傲慢ではないかと、思いました」

「そうなると、彼の立場は、ますますまずくなってくるな」

「しかし、今の段階では、笠井道雄を二年前の大量殺人の容疑者とするのは、無理があります。それに、自分から、犯人だといっている高島隆三という容疑者も、いますから」

と、亀井が、いった。

もし、笠井が犯人なら、実の娘の、乗っている列車を爆破してしまったことになる。たしかに、亀井がいうように、簡単には、断定できない。

それでも、十津川は、この日の捜査会議に、亀井刑事たちが、調べたことを、三上部長に報告した。

「本当なんだろうね？」

と、三上が、聞いた。

「もちろんこれは、あくまでも推測でしかありません。二年前、永井前警視総監と、その友人の娘、笠井まなみが関係があったと断定するには、今のところ証拠がなくて、単なる、推測でしかありません」

十津川も慎重に、いった。

「しかし、そのことが、事実だとすれば、列車爆破の容疑者が、一人増えるわけだよ。笠井まなみの父親は、まなみのことを、溺愛していたんだろう？」

「そうです。これを調べた亀井刑事たちは、間違いないといっています」

と、十津川は、いった。

「亀井刑事たちは、彼女が、幼少の頃から調べました。間違いなく子供の頃から、地元の高校に通っている頃まで、父親である笠井の、溺愛ぶりは有名だったそうです。それで、大学も、東京ではなくて、長野方面か、軽井沢あたりの大学に、行かせたかったようですが、娘のほうは、父親に逆らって、東京の大学に進学しています。それでも、自宅から新幹線で通わせたかったらしいのですが、娘のまなみは大学近くのマンションに入ってしまいました」

「他に調べたことは？」

彼女がどうして、大学は東京に行き、ほとんど家に帰らなかったのか、これも、亀井刑事たちが、東京の大学の、彼女の同窓生に、会って聞き込みを、やっています。その結果、笠井まなみのほうは、子供の時からの、父親の溺愛が強すぎたので、大学に行ってからは、自然に反抗的な態度を取るようになったと、本人から、直接聞いたそうです」

「それで、事件の頃、永井警視総監と関係ができたのか？」

「彼女は、父親の溺愛や干渉がイヤになっていた。その一方で、ファザーコンプレックスのようなものも、感じていたのではないかと、思うのです。父親と同じくらいの年齢の男に対する感情です。それが、永井警視総監との関係に、なってしまったのではないか。そんなふうに、考えました」

「しかし、父親の笠井が、今回の犯人だとすると、いったいどういうことになるのかね？」

と、三上が、聞いた。

「しかし、父親のほうは、そんな、冷静な判断はできないだろう？」

「たぶん、そうです。笠井にしてみれば、溺愛していた一人娘が、交通事故を起こしてしまった。父は、何とか娘を助けようと、今、警視総監に、なっている永井さんに、何とか助けてくれと、頼んだのだと思います。笠井は、地方のボスになっていたわけですから、そんな甘えが許されないことくらいは、わかっていたと思うのですが、愛する一人娘のために、永井警視総監に頼み込んだのではないかと、思うのです。ところが、この交通事故のあと、娘のまなみが友人の永井警視総監と関係ができてしまったのではないか。そうなると、友人に裏切られ、その上、愛する娘にも、裏切られたことになるのです。二重の怒りが高じて、永井警視総監を、列車ごと爆破して、殺してしまった。もし、笠井道雄が犯人ならこういうストーリイになってきます」

「そのストーリイには、笠井道雄の娘まなみも、参加しているわけだろう？　笠井が、今回の事件の犯人としてだが、彼は、その列車に、娘のまなみが乗っていることを、知っていながら、どうして、列車ごと爆破して娘も殺してしまったのだろうか？　それとも、その列車に、娘が乗っていないと思っていたのだろうか？」

「その点はわかりません」

「肝心の点がわからないじゃあ、このストーリイは使えないな」

「もう一度、笠井に会いに行ってきたいと思います」

「もうそんなに、時間はないぞ。わかっているね」

「わかっています。下手をすると、後藤警視総監が殺されてしまう恐れもありますから」

十津川は、翌朝、亀井を連れて新幹線で軽井沢に行き、軽井沢からしなの鉄道に乗り換えて、笠井道雄に、会いに行った。

もちろん、今の段階では、逮捕状は出ない。相変わらず、大きな屋敷だと思いながら、奥座敷で笠井に会った。

十津川は、改めて笠井に、いった。

「二年前の事件で、笠井さんの娘さんが、被害者のなかにいたことは知りませんでした。笠井さんも、事件が、起きてからわかったということで、さぞ、ビックリされたのではありませんか？」

「はい。それはもう、驚きました。最初は、友人の永井君が、犠牲者のなかにいるということで、ビックリしましたが、それ以上に、私の娘が被害者のなかにいることを、知って呆然（ぼうぜん）としてしまいました」

「そのことを、笠井さんは、あまり、口に出していわれませんね。たしか二年前に、事件が起きて、捜査が、始まった時も、黙っていらっしゃった。どうしてですか？」

十津川は、前回した質問を改めて聞いてみた。

「あの時は、二十二人もの人が、亡くなりました。たしかに、あの事件で最愛の一人娘を、失ったことは大変な、悲しみでしたが、ほかにも沢山の人が亡くなっていて、その人たちにも家族もいらっしゃれば、友人もいらっしゃる。一人だけ、騒ぐのはいけないと思って、聞かれれば、話しましたが、自分から、騒ぐことはしまいと思いました。第一、いまだに、犯人が誰を狙って列車を爆破したのか、正確にはわかっていないわけでしょう？」

逆に、笠井が、十津川に聞く。

「そうなんです。いまだにわれわれは犯人の動機がわからなくて困っています。どうしても永井警視総監が、狙われたと考えてしまうのですが、他の乗客を狙った犯行なのかもしれません。二十二の動機があるわけです。まだ自信をもって犯人の動機はいえないのです」

「しかし、犯人が見つかったと、新聞に出ていましたが」

笠井が、いった。

「高島隆三という男で、先日も、申し上げたと思うのですが、ある団体の一員です。われわれは、彼に疑いを持って調べていたんですが、ここにきて、高島本人が、われわれに向かって、自白しました」

「高島という男は、犯行の動機は、何だといっているのですか？　いったい、誰を狙っての犯行だったのですか？」

笠井が、聞いた。

「それがですね、別に特定の人間を狙ったわけではない。日本人が、のほほんと、暮らしているのを見ていて、腹が、立ってきた。世界は今、重大な、局面を迎えている。明日にでも、誰かが、原子爆弾のスイッチを、押すかもしれない。日本自体だって、今の政治は、まったく、金儲け、出世、そんなもので、動いている。このままでいけば、日本民族は、滅びてしまう。そこで、日本人に、警告を発するつもりで、しなの鉄道の列車に、爆弾を仕掛けたんだ。仕掛けたのは、車内ではなくて、外から仕掛けて爆発させた。高島は、そう自供しています」

「まるで、狂人の犯行じゃありませんか。自分の主義主張のために、二十二人もの人間を殺したんですか。悲しくなってきます」

笠井が、舌打ちをした。

そんな笠井の様子を、じっと十津川は見ていた。笠井が、聞く。

「高島という犯人は、団体の役員なんですか？」

「いわゆる、日本を憂うとか、日本の将来は大変だとか、保守的な考えを持つ『日本を愛する会』という団体です。高島は、自分たちは、二・二六や五・一五といった、いわゆる、昭和維新と同じだと、自慢していますよ」

十津川が、いうと、笠井は、目をむいて、

「二・二六や、五・一五の、青年将校たちは、純粋で、真に国の将来を憂えての行動でした。二年前のあの爆破事件の犯人が、純粋な気持ちでやったとは、とても思えませんね。ただ単に、世間を脅かすためだけに、しなの鉄道の列車を、狙ったとしか、思えませんよ」

笠井の言葉に、十津川は、反対するそぶりは見せずに、

「たしかに、昭和の若い将校たちの行動とは、違うと思います。今もいったように、二十二人もの、人間を殺しておきながら誰を狙ったのかが、いまだに、まったくわからないんですから」

「その点について、高島という犯人は、何といっているんですか?」

と、笠井が、聞いた。

「今もいったように、今の日本国民は、だらけている。政治家から一般人まで、国を思う気持ちがない。このままでは、国が滅びてしまう。そんなだらけた国民を驚かせてやろうと思って、やったことだといっています」

「警察は、どうやら、二十二人の犠牲者のなかの永井君を狙ったテロだと、見ているみたいですね」

笠井は、こちらの気持ちをうかがうような目で、十津川を、見た。

「その点では、二年間、まったく同じです。たしかに二十二人の犠牲者が、出ていて、そのなかの誰が狙われたのかはわかりません。ただ、二十二人のなかで、一番影響力が、大きいと思われるのは、永井警視総監でした。それで、永井警視総監を狙った犯行と見て、山中晋吉が逮捕されました。少しばかり、ずれてしまいましたが、ここに来て、やっと、真犯人を逮捕できたので、ホッとしています。笠井さんにしてみれば、犠牲者のなかに、最愛の娘さんがいたわけですから、娘さんを狙った犯行という気持ちに、なったとしても不思議はありません。たぶん、犠牲者の家族にしてみれば、自分たちが狙われたと考えるに、違いありませんから」

十津川は、いって、しゃべりながら、ちらりと笠井を見た。

「その気持ちは、よくわかります」

「もし、最初から、列車に、娘のまなみが乗っていることを、知っていたら、列車が爆破された瞬間、あ、うちの娘が、狙われたと思うに、違いありません。身内というのは、そんなものでしょう」

と、笠井が、いった。

「永井前警視総監は、笠井さんの大学時代の、同窓生なんでしょう？　そう聞きましたが」

「その通りです」

「笠井さんは、犠牲者のなかに、永井前警視総監が、いると知って、どう、思われましたか？」

「やはり、正直にいえば、永井君が、狙われたんだと思いましたよ。もちろん、私の娘が、狙われたという思いは、消えませんでしたが。しかし、冷静に考えれば、娘を含めた他の犠牲者は、小市民です。誰も、狙われるような理由は持っていないと、わかってからは、ああ、やはり狙われたのは、永井君ではないかと、思いました」

「永井警視総監とは、大学卒業後も、付き合っていらっしゃったんですか？」

亀井が、聞いた。

「お互いに忙しくて、あまり会えませんでした。もちろん、会って一緒に、飲んだりすることもありましたが、彼も、私も忙しかったので、しょっちゅう、会っていたわけじゃありません。そうだ。永井君が警視総監になった時は、おめでとうという手紙を、書きましたよ。まさか、彼が、警視総監まで昇りつめるとは思ってもいませんでしたからね」

笠井が、いった。

「笠井さんは、地元の有力者だから、二十二人の被害者のなかに、何人もの知り合いがいたんじゃありませんか？」

十津川が、聞く。

「そうですね、五、六人は、知り合いがいますよ。正直にいいますと、犠牲者のなかに、娘がいたとわかったとたんに、頭のなかから、全部吹っ飛んでしまいました。永井君のこともそうです。このなかで、一番狙われやすいのは、永井警視総監だろうとは、思いましたが、娘のことを思うと、永井君のことも吹っ飛んでしまうのです。狙われたのは、私の娘だと、ひたすら思い続けました」

「われわれも、被害者の一人一人について、犯人に動機があるかどうかを、徹底的に調べました。まなみさんについても、調べました。しかし、笠井さんの、娘さんとは、なかなか、気がつかなかった。地元の警察でもそうでしたから、われわれ、東京警視庁の人間は、なおさらです。もっと早く、わかっていれば、お話を聞きに、笠井さんのところに、会いに来たと、思うのですが」

と、十津川は、続けて、

「今となっては、遅いかもしれませんが、笠井さんの娘さんのことを、もっと、調べたいと思っているのです」

「どうしてですか？　事件の捜査は、もう終わったんでしょう？　高島という犯人が、逮捕されたんだから」

笠井は、怖い眼になった。

「それがですね、高島のいうことが、時々変わるんですよ。それに、女性関係が派手ですから、ひょっとすると、あなたの娘さんと、親しかったのかも知れません。そう考えると、高島が、気まぐれに、笠井まなみさんを、殺すために、爆弾を仕掛けたというかも知れません。われわれとしては、そんな時の反論が、欲しいのです」

と、十津川が、いった。

その十津川の話を、笠井が信じたかどうかはわからない。

笠井自身も、一人で死んでしまった娘のことを、誰かに話したかったのかもしれない。十津川が、聞くまでもなくて、笠井まなみについて、子供の頃からのことを、話し始めた。

「小さい頃から可愛(かわい)い娘でしてね。周りの人間は、彼女を東京の進学校、例えば慶應(けいおう)とか立教(りっきょう)とか小学校から大学まである、そういう学校に入れようとしていたのですが、私は彼女を手放すのがいやで、高校まで地元の学校に通わせました」

「大学は、東京でしたね」

「ええ、そうなんです。娘が、どうしても大学だけは、東京の大学に、行きたいといいましてね。仕方なく、東京の大学に行かせ、学校のそばにマンションを借りてやりました」

「まなみさんは、希望通りに東京の大学に進んだんですから、満足して、喜んでいたんじゃありませんか？」

「たしかに、喜んでいましたね。私は、寂しかったですけど」

「時々は、こちらに、帰ってきていたんじゃありませんか？」

亀井が、聞いた。

「そうですね、正月には、必ず、年賀状が来ていましたし、夏休みには、必ずこちらに、帰ってきていましたよ」

と、笠井が、いった。

しかし、それが、嘘だということを、十津川は、知っていた。

二十二人の、被害者のなかに笠井まなみの名前があって、彼女が笠井の娘だと、わかってから、親子のことを、調べたのである。その結果、父親の笠井が、夏休みには、帰ってくるようにといっても、まなみは、一度も帰ってきていないことが、わかっていた。

父親の笠井は、スマホを使って、毎日のように、娘のまなみと、連絡を取ろうとしていたが、まなみは、それを、うるさがって電話に出ようとは、しなかった。そのことも彼女の同級生から聞いて、わかっていた。

十津川は、そのことを、笠井には一言もいわず、彼の話をそのまま、聞くことにした。

「二年前の、六月四日の事件ですが、笠井さんは、娘さんが、あの列車に、乗っているのを知らなかった。どうして、娘さんは、あの日、帰ることを話してなかったんでしょうか?」

「娘は五月の連休の時にも、こちらに帰ってきていたんですよ。だから、もう、帰ってこなくてもいい。東京で、楽しみなさいと、いったんです。もちろん、来てくれるのは嬉(うれ)しいが、彼女は、二十四歳の、若さですからね。やりたいことが、あるだろう。だから、五月の連休の時に、帰ってきてくれたんだから、六月には、東京で遊んでいなさい。そういったんです。すると、娘は、それじゃあ、東京で過ごすと、いったんで、あとは、夏休みだなと、私は、思っていたのです」

と、笠井が、いう。

「それで、六月四日に、娘さんが帰ってくることを、知らなかった。そういうことですか？」

「ええ、そうなんです。今になってみると、六月四日にも、娘は帰りたがっていたんだから、私も、待っているよと、いえばよかったのです。そうすれば、あの日に帰ってくることを、知っていましたからね。娘は、五月の連休に続けて、六月頃まで、家に帰って、のんびりしたかったんですよ。大学も、もう卒業していましたからね。私も、それを、受け入れればよかったんです。娘が、あまりにも、帰りたがっているので、それでは、若い娘だから、面白くないんじゃないか、つまらないんじゃないかと、私のほうで、勝手に考えてしまいました。それがいけなかったのかも、知れません」

笠井は、軽く、目をこすっている。

「六月四日に亡くなった永井警視総監のことも、お聞きしたい。彼は、われわれ警視庁でのボスです。それが死んだからどんなに驚いたか、あの時のショックは、今でも変わらないんですよ。笠井さんが、永井警視総監と大学時代の同窓生だと知ったときも、ビックリしましたよ。それで、笠井さんだけが知っている、永井総監のエピソードを話していただけませんか？　やっと、犯人が捕まって、事件の解決を祝して、警視庁で、永井前警視総監の思い出といったタイトルの、雑誌を作ろうと考えているんです。それに、ぜひ、笠井さんの知っているエピソードをいただきたいのですよ。笠井さんは、永井警視総監とは、東京の大学で一緒だったわけですよね？」

「ええ、そうですよ。東京のN大です。私も彼も、N大の法科を、卒業しました。私は旧家を潰さずに、祖父がやっていた会社も、潰さないようにしたいと思って、それで、法科に入ったんですが、永井君は、警視庁とは限らず、官庁に入りたくて、法科を目指したのだといっていました。大学時代の永井君は、大変な、勉強家でしたよ」

と、笠井が、いった。

「私も、永井警視総監とは、何回か一緒に、お酒を飲んだり、話をしたことが、あるのですが、永井総監は、大学時代は、どうだったんですか？　例えば、女性にモテましたか？」

十津川は、聞いてみた。

「彼は、今もいったように、大変な勉強家でしたが、背が高くて色白で、なかなかの、二枚目でしたからね、女性には、相当モテましたよ」

「笠井さんも、同じですよ」

と、いってから、十津川は、

「大学時代には、誰か、付き合っていた女性は、いたんでしょうか？」

「何人か、いたみたいですが、一人だけ覚えていますよ。文学部の女性でしてね、大学のキャンパスの、女王コンテストというのがあって、彼女が、出てました。ミスキャンパスには、なれなかったんですが、小柄で、笑顔の可愛い女の子だったので、男子学生に、よくモテましたが、永井君が、選ばれたみたいで、二人が、付き合っていたのは知っています」

「その彼女とは、結局、結ばれなかったんですか？」

「彼女は北海道の人間で、卒業すると同時に、郷里の北海道に、帰ってしまいましたからね。おそらく、大学時代だけの彼と彼女だったんじゃありませんかね」

「大学を卒業してからも、笠井さんは、永井警視総監と、付き合っていたけれど、お互いに忙しくて、あまり会えなかったと、いっていましたね」

「ええ、付き合いは続いていました。ただ、永井君が捜査一課長になり、刑事部長になると、忙しいのか、なかなか、会えなくなりました」

「永井警視総監は、三十歳の時に結婚しているのですが、その結婚式に、笠井さんは、出席されましたか？」

「いや、たしかその時、私は、仕事で、アメリカに行っていたので、出られませんでした。しかし、電話で、おめでとうといった覚えがあります。逆に私が結婚した時には、永井君から祝電が届きましたよ」

「永井警視総監は、四十五歳の時、奥さんを亡くしています。そのあと、しばらく、やもめ暮らしをされていましたが、そのことも、笠井さんは、知っていましたか？」

「もちろん知っていましたよ。何といっても、親友の一人ですからね。永井君が奥さんを亡くして、やもめ暮らしをしていた時、中年の独身生活は、なかなか、いいものだよといって、笑っていましたが、私は、本当はもう一度、結婚したいんだろうと思って、何人か、知り合いの女性を、紹介しましたよ」

「それで、永井警視総監は、どうしたんですか？」

「私の勧める女性を、なかなか、気に入ってくれませんでしたね。たいていありがたいが、まだその気になれなくてといって断ってきましたよ。ひょっとすると、亡くなった奥さんにまだ未練があって、再婚する気になれなかったのかも知れませんね」

と、笠井が、いった。

「私たちも、総監が、なかなか、再婚をしないので、心配していたんです。笠井さんが、総監に、女性との見合いを、勧めていたというのは、知りませんでした。笠井さんがいわれた通り、もし、再婚されていたら、二年前の事件は、起こらなかったかも、知れませんから」

と、十津川が、いった。

「彼は、頑固なんですかね。もう少し、柔らかな人間になれば、たぶん私の勧めた、女性と結婚していたと、思いますよ」

笠井は、二人の女性が、写っている写真を、十津川たちに、見せてくれた。どちらも、三十歳から四十歳くらいに見える、女性である。

「この二人を、永井君に、勧めたんですよ」

と、笠井が、いう。

十津川は、その写真を見て、

「お二人とも、美しい女性ですね。どうして総監は、こんなきれいな女性と、再婚しなかったんですかねえ」

「まあ、それが、縁というものなのかも、知れませんね。永井君から、忙しいので、申し訳ないが、見合いは、できないといわれると、こちらとしても、強いて勧めるわけにもいきませんでしたからね」

「ところで、亡くなった、まなみさんは、二十四歳だったのでしょう？　恋人は、いなかったんですか？　写真を見ると、美しい女性だから、恋人がいたんだろうと思うのですが」

十津川が、聞く。

「私に紹介してくれませんでしたが、おそらく、いたんじゃないかと思いますね」

「どうして、笠井さんには、紹介しなかったんですかね。もし結婚することになれば、父親には、どうしても、紹介することになるのにです」

「その理由は、私にもわかりません。娘から見れば、私は、気難しい人間に見えたのかもしれません。それで、恋人を私に紹介するのをためらっていたのかもしれませんね」

「もし、まなみさんが恋人を連れてきたら、笠井さんは、どうしたと、思いますか？　付き合いを許しますか？　それとも、娘さんが、可愛いので、恋人という男を、追っ払いますか？　どちらだったんでしょうね」

亀井が、聞いた。

一瞬、笠井は、目をつぶって、何か考えていたが、

「私は、いろいろと、いわれますが、どこにでもいる父親と、同じですよ。娘が可愛いから、なかなか、結婚させたくない。娘がきちんと、相手を紹介してくれたら、私は、たぶんその結婚に賛成したと、思いますね」

「一人娘だから、もし、結婚するとしたら、婿さんになって貰いたいと思ってい

らっしゃったんですか？」

今度は、十津川が、聞いた。

「たしかに、この旧家を、誰かが、継がなくてはなりません。今、十津川さんがいわれたように、誰か、いいお婿さんが、来てくれれば一番いいんですが、それを、娘のまなみに、強要するつもりは、ありませんでした。娘が嫁に行ってしまえば、誰か、親戚のなかから、養子を迎えて、この旧家を、継がせればいいと、考えていたんです。一人娘だと、いろいろ考えますね。家というものを考えると、いろいろと、大変なんですよ」

と、笠井が、いった。

「二年前のあの事件で、まなみさんが、亡くなってしまいました。そうなると、笠井さんがいったように、この旧家をどうやって継いでいくのかになってしまいますね」

「今もいったように、いろいろと考えてしまいます。どうしても、養子が見つからなければ、この家も財産もすべて、国か県か、あるいは市に、寄付してしまえばいいと、考えたこともあります。しかし、親戚がいますから、おそらく、そのなかから、養子に来てくれる人間を選ぶんじゃありませんかね」

「そう考えると、どうしても、娘さんのことを考えてしまうんじゃありませんか？　娘さんが、二年前の、あの事件で亡くならなければ、今頃、娘さんに、恋人ができてその彼が笠井家を、継いでくれたのではないか、そんなことを、考えてしまうことも、あるんじゃありませんか？」

「ええ、もちろん、考えますよ。しかし、いくら考えたって、亡くなった娘は、戻ってきませんからね。なるたけ、そういう、甘い考えは持たないように、しているんです」

　このあと、笠井は、十津川に向かって、いった。

「娘は帰ってきませんから、この辺で、あの事件の決着をつけたいと、思っているんですよ。犯人の高島隆三は、間違いなく、死刑になるんでしょうね？」

「もちろん、死刑でしょう。何しろ二十二人もの人間を、殺しているんですから」

「一刻も早く、犯人の高島隆三が、判決を受けて、すぐにでも、死刑が執行されてしまえばいいと、今は、考えています。そうすれば、少しは、娘のことが、忘れられるかも知れません」

と、笠井が、いった。

「すでに、新聞に発表していますから、これから裁判になり、死刑の判決を受けるでしょう。そうなれば、われわれも、二年前のあの事件から、精神的に解放されます」

と、十津川は、いったあと、

「われわれも、疲れましたよ。永井総監が、行こうとしていた別所温泉に行って、少し休みたいんですよ。別所温泉には、岩盤浴という、疲れを取ってくれる温泉があるそうで、永井総監はそこに行こうとして、その途中亡くなってしまったのですが、われわれにも、紹介していただけませんか？」

なぜか、笠井は、ホッとしたような、顔になって、すぐ、別所温泉に電話をかけてくれた。

「旅館の女将さん、時恵さんという名前ですが、その人に今いっておきました。ゆっくりと休んで、英気を、養ってください」

そういって、笠井は、十津川たちを、送り出した。

十津川と亀井は上田から別所温泉行きの列車に乗った。車内は空いていた。そんななかで、十津川は、亀井に、

「笠井という男の印象は、どうだった?」

と、聞いた。

「何か、思い込む感じの男ですね」

と、亀井は、いった。

2

十津川と亀井が、この旅館に来るのは、これで、二回目である。あの時は改装中だったが、今は、落ち着いていて、お客も、何人か入っていた。

十津川たちは、話題の岩盤浴を楽しんだあと、夕食の時、女将さんと主人に、事件のことを、いろいろと、聞いてみることにした。

二年前の六月四日、この旅館の岩盤浴を、楽しみにして、永井警視総監は、しなの電鉄の、普通列車に乗った。そして、御代田駅を出発した直後、爆発が起き

て総監を含む二十二人が死んでしまった。

「よく考えてみると、永井警視総監は、この岩盤浴を、楽しむ前に死んでしまったんですね」

と、十津川が、いうと、

「でも、少し違うんですよ」

と、女将さんが、いう。

「どこが違うのですか？」

十津川が、聞いた。

「永井さんが、まだ警視総監になる前、刑事部長でしたっけ、その頃、うちに、いらっしゃったことがあるんです」

女将さんは、意外なことを、いった。

「その話、本当なんでしょうね」

半信半疑で、十津川が、聞く。

「今さら嘘をいったって、しょうがないでしょう」

「しかし、われわれが、来た時は、そんなことは、いわなかったでしょう。永井総監は初めて岩盤浴を楽しみに、別所温泉のこの旅館に来るはずだった。それが列車で爆破されて死んでしまった。岩盤浴を知らずに亡くなった、といっていましたよ」

「本当のことを、話そうと思うのに、あなた方、警察の皆さんが、永井総監はこの旅館に初めて、岩盤浴を楽しみに来るはずだった。それなのに、途中で、列車が爆破されて死んでしまった。そういうストーリイを作って、こちらに来て調べるから、こっちだって永井さんは、亡くなってしまっているんだから、そんなストーリイでも構わないので、そうです、そうですといっていたんですよ。もっと、ゆっくりと話し合いがあれば、永井さんが列車爆破の三年前に一度だけ、この旅館に、岩盤浴を楽しみにやって来たことを、話しましたのに」

と、女将さんが、いうのである。

「では、その時の話を、してください」

「ですから、あれは今から、五年ほど前の話ですね。永井さんもまだ、警視庁の警視総監ではなくて、刑事部長だったと、思うのです。何かの時に、うちの旅館のことをお知りになって、一人で、いらっしゃったんですよ」

「その時、笠井さんと一緒ではなかったんですね？」

「ええ、一人で、いらっしゃいましたよ」

「そうですか、五年前ですね。その時に一度来ていたとすると、二年前の事件の時は、どうだったんですかね？　予約をしていたわけでしょう、この旅館と、岩盤浴の予約を」

と、亀井が、聞いた。

「ええ、そうですよ。でも、電話をくださったのは、永井さんではなくて、笠井さんでしたよ。笠井さんは、もう、何度もうちの旅館に来ていらっしゃるから前日に電話があって、明日六月四日に、大学時代の友だちを連れていく。だから、部屋を、取っておいてくれ。それから料理も、自慢のものを出してくれと、そういわれたのです」

「その時は、二人で行くといっていたのですね？」

「ええ、そうです。お友だちと、一緒だといってらっしゃいました」

「その友だちのことを、電話では、どんなふうに、紹介していたのですか？」

「大学時代の友人で、今は、警視庁のお偉いさんになっている。腰痛に悩んでいる友人を岩盤浴に誘ったので、明日そちらに連れていくんだとおっしゃいました。でも、友だちというだけで、永井というお名前はおっしゃらなかったので、私のほうは、初めていらっしゃるお客さんなんだろうと勝手に思いました。だって、名前を聞いていないし、会ってもいないんですからね。ですから、私の知らない方を、笠井さんが連れてくるとばかり思っていたのです。それが、あんなことになってしまって」

「その点を、正確に知りたいのですよ。予約をしたのは、笠井さんだったのですね？」

「ええ、そうです。六月四日の予約です。人数は、二人。大学時代の友人だといってらっしゃいましたが、名前は、おっしゃらなかったのです。もっとも、うちの番頭さんには、笠井さんは警視庁のお偉いさんと、一緒に二人で泊まりたいと、伝えたみたいです。だから、あとになってから、あの永井さんが、笠井さんと一緒に来ることになっていたんだなと、知りました」

「笠井さんは、この旅館の、古いお客さんだといいましたね？」

「ええ、そうです。笠井さんも、うちの岩盤浴が好きで、毎年いらっしゃっていましたね。来ると、だいたい、三日ぐらいはお泊まりになりましたよ」

「笠井さんの娘さんのことは、ご存じですか？　まなみという名前です」

「ええ、もちろん、知っていますよ。あの時、列車に乗っていらっしゃって、それで亡くなってしまったんでしょう？　それを知らずに笠井さんは、うちに来ることを、決めていたとおっしゃっていた」

「列車が、爆破されて死んでしまったまなみさんは、どこに行くつもりだったんでしょうかね？」

「私にはわかりませんけど、笠井さんは、こういっていらっしゃいました。あの時、娘が同じ列車に乗っていることを、知らなかったが、もし無事に上田に着き、顔を合わせたら、娘も、ここに連れてきていたに違いない。そう、おっしゃっていましたね」

と、女将さんが、いった。

「娘さんのまなみさんは、この旅館に来たことがあるんですか？」

「いや、ないと、思いますよ。お父さんの笠井さんには、しょっちゅう、利用していただいていたんですけど、娘さんを、連れてきたことは一度もなかったと思います」

と、女将さんが、いう。

(もし、完全な、事件の解決を目標にするとしたら、笠井道雄の娘、笠井まなみが二年前の六月四日、どこに、行くつもりで、しなの電鉄に乗っていたのか、そのことも、はっきりさせなければ、完璧とはいえないな)

と、十津川は、考えていた。

「先日も二年前も、女将さんは、同じように、嘘をついていたことになりますね。亡くなった永井警視総監は、この宿には、初めて来た。わからないので、案内のために、親友の笠井さんがついて来ることになっていた。そういっていましたね？　どちらが、正しいんですかね？」

と、十津川が、聞いた。

「別に捜査の邪魔になるようなことは、いっていませんよ。永井さんは、この宿に来るのは、あの時は、二回目だった。でも、二回目に来る前に、亡くなってしまったんだから、そのことは関係ないんじゃありません？　二回目だからといって、捜査が、変わったわけではないんだから」

と、女将さんが、いう。

「笠井さんは、何回もこの旅館に来ているんですね？」

「ええ、来ていらっしゃいますよ」

「その笠井さんのことを、お二人は、どう思いますか？」

十津川が、女将さんと主人の二人に、聞いた。

「立派な方ですよ」

と、女将さんが、いった。

「この辺の旧家の出身だし、今住んでいらっしゃる町に、毎年のように、寄付をされているので、頭が、下がりますよ」

と、女将さんは、いった。

女将さんは、続けて、

「たしかに、立派な方。お金持ちなのに偉ぶらないし、以前は、あの辺の、町議会の議長をやっていらっしゃったんじゃなかったかしら。長いこと、議長をやっていたので、表彰されたと、聞いたことがありますよ」

と、いう。

（おかしいな）

と、十津川は、思った。

今の段階では、笠井が二年前の列車爆破と関係があると、決まったわけではない。それに、町議会の議長を長く務めて表彰されたということも、事実だろう。よくある話だからである。

しかし、女将さんは、少しばかり、笠井のことを誉めすぎては、いないだろうか。

十津川は、ふと、この宿の壁に絵が、掛かっていることを見つけた。同じ画家の絵が三枚である。

「どこかで見たことがある」

十津川は、小さく呟いてから、同じ画家の絵を、笠井の屋敷で、見たことを思い出した。

「笠井さんは、この旅館によく来る常連さんだと聞きましたが」

と、十津川が、女将さんに声をかけた。

「ええ、そうですよ。常連のお客さんの一人です」

「それだけですか？」

「それだけって、どういうことでしょうか？」

女将さんは、少しばかり、かしこまった聞き方をした。

「笠井さんは、一般の、お客さんではなくて、それ以上のお客さんのような感じがするのですが、違いますか？」

同席していた主人にも聞いた。

女将さんの態度は、変わらなかったが、主人のほうは、下を、向いてしまった。どうやら、十津川の質問が、主人には、嫌な質問だったのだ。そして、十津川は気がついた。

「間違っていたらごめんなさい。もしかすると、この旅館の本当の持ち主は、笠井さんなんじゃないですか？」

と、十津川が、聞いた。

すぐには返事がない。十津川が、もう一度同じ質問をすると、主人は黙っていたが、女将さんが、

「うちの旅館の経営が、うまくいかなかった時、笠井さんが、多額の資金を、出

してくださったんですよ。それで、うちは、立ち直ることができました。ですから、現在のオーナーは、ここにいる主人ではなくて、笠井さんなんです」

と、いった。

（やっぱり）

と、十津川は、思いながら、

「二年前も今も同じですか？」

と、聞いた。

あまり楽しい質問ではなかったらしい。主人が答えた。

「まだ、かなりの額の借金を笠井さんにしています。完済するまでには、あと十年くらいかかるかもしれませんね。それまでの間、実質的なオーナーは私ではなくて、笠井さんですよ」

と、いった。

「なるほど。それで、二年前も、先日も、笠井さんに、有利になるような、証言をしたんですね」

十津川は、今度は、女将さんにぶつけてみた。

女将さんは、黙っている。主人が代わりに答えた。

「今もいったように、この旅館の実質的なオーナーは、私ではなくて、笠井さんです。ですから、笠井さんに、頼まれて、いわれた通りに証言しました。しかし、別に、間違っているとは、私は思いませんでした。何しろ、永井さんは、すでに、死んでしまっていますからね。それに笠井さんは、別に犯人じゃないんだから、私たち夫婦が、どんな証言をしても、結果は変わらなかったでしょう？　犯人は、私たちのまったく知らない、高島という男だったし、笠井さんは、犯人じゃないんだから、それはそれで、よかったんじゃありませんか？　事件に関係のない人を、傷つけても仕方がありませんから」

と、主人が、いった。

十津川と亀井は、少しばかり、重い結論を持って、上田警察署に、戻った。

東京では、高島隆三という男が、二十二人の乗客を殺した大量殺人の犯人だと自供し、それを、新聞やテレビが報道している。そのせいか、上田警察署のなかは、騒がしかった。地元の新聞やテレビの関係者が、押し寄せてきて、警視庁が発表した、その声明は、正しいことなのかを、盛んに確認していたからである。

十津川と県警本部長は、二度目の記者会見に応じて、本部長が、いった。

「高島隆三は、東京の警視庁に、自分が、大量殺人の犯人だといって、自首してきました。しかし、簡単には、信じられなくて、高島の証言が、本当かどうかを調べたのです。間違いないことがわかったので、高島隆三が真犯人であると、発表しました。高島隆三のプロフィールについては、前回の記者会見の時、印刷したものを、皆さんにお配りしました。それに、プラスすることもマイナスすることもありません」

と、県警本部長が、記者たちに、いった。

高島の顔写真は、すでに記者たちに配ってある。

「前の記者会見の時にも、聞いたんですが、高島隆三という犯人の、犯行目的は何だったんですか？　前回の説明ではよくわからなかったので、もう一度、説明してください」

記者の一人が、いった。

それに対して、県警本部長が答える。

「犯人の高島隆三は、あるグループのリーダーで、そのグループの要求は、平和ボケしてだらけ切っている日本の政府も役人も国民も、すべて頼りなくて、信用できない。そこで、われわれは、惰眠をむさぼっている政府、役人、メディア、そうしたものすべてに、警鐘を与えるために、しなの鉄道の、普通列車の一車両を爆破した。そういっています」

記者会見に高島隆三は出席していないが、彼についての質問は、間を置いて続いていた。

「犯人の高島隆三は、二年前の事件は、一人でやったといっているんですか？　それとも、何人かの、グループでやったといっているんですか？」

と、別の記者が聞く。

「彼は、一人でやったと、いっています。彼はあるグループの代表だといっていますが、そのグループが、リーダーの高島に手を貸したのか、貸さなかったのかは、わかりませんが、高島自身は、自分一人でやった。他の者は関係ない。その言葉を、繰り返しています」

「もう一度確認したいのですが、高島隆三という男が、一人で、今回の犯行を考え、実行したのですか？」

三人目の記者が、聞いた。

「高島は自供しました。そして、われわれは、彼が犯人である証拠を、つかもうとして、高島について調べた結果、犯人であることは間違いないと確信したので、記者会見を開いて発表しました」

と、十津川が、いった。

「高島隆三は、誰の手も借りずに一人でやったと、自供しているわけでしょう? その自供が、間違いないという証拠は、あるんですか?」

記者の質問が続く。

「彼が自供し、その自供に、基づいて調べた結果、間違いないと判断して、発表しました」

と、本部長が繰り返す。

「その証拠を見せてください。あんな大きな犯罪を実行したんですから、われわれマスコミも、慎重に報道したい。ですから、確証が欲しいのですよ」

「高島隆三の自供があります。今までのところ、高島は、その証言というか自白を翻(ひるがえ)してはいません」

記者会見が終わると、十津川には、すぐにやらなくてはならないことがあった。後藤現警視総監の救出である。

後藤警視総監を誘拐した山中が昨日の深夜の発表を見たのか、見ていなくても、朝のテレビは、繰り返して、高島の自供を、放送しているのだ。これで一応、二年前の六月四日の犯行、二十二人を殺した大量殺人の犯人についての発表は、まず問題ないだろうと、十津川は、思っていた。

高島は、昨夜の遅くから、一時間ずつ自供を増やしていくと約束している。しかし、その約束が、本当に、実行されるかどうかはわからないのだ。

高島隆三の自供が、発表された。後藤警視総監を誘拐した犯人も、見ているはずである。だとすれば、すぐに、こちらとの、約束を実行する方向に、進むのではないか。

十津川が、そう思った時、電話が鳴った。十津川は、ホッとして受話器を取り、

「納得したか」

と、いきなり、聞いた。

男の声が、いう。

「高島隆三という犯人の自供についての会見と、その後の記者会見の両方を見た」

「それならすぐ、後藤警視総監を解放しろ。これは約束だぞ」

と、十津川が、いった。

「すぐ解放したいのだが、それは無理だ」

と、犯人、山中悦夫がいう。

「どこが難しいんだ？　われわれは、新聞にもテレビにも、発表したじゃないか。犯人として高島隆三を逮捕した。彼は自供し、警察は、その自供に基づいて裏を取った。その結果、間違いなく、高島隆三が、大量殺人事件の犯人であることがわかったので、改めて、この男、高島隆三を、警視庁は、逮捕した。今のところ、これ以上の発表は必要ないと思っている」

すぐに、新聞とテレビが、この声明を取り上げた。やっと山中からの電話が入ったが、彼は、すぐには信じられないから、時間をかけて調べると、いった。その言葉が、真意なのか、それとも、警察を、からかっているのか、今の段階では、十津川にも、判断がつかない。

問題は、後藤警視総監が解放されるまでの間、高島隆三が、自供を翻さないことである。

新聞、テレビは、高島隆三一色になっていた。高島本人は、弁護士を通して堂々と自分の政治的な信条を、しゃべっている。またそれがニュースになって流れる。

高島は、二十二人もの人間を殺した大量殺人の犯人であると同時に、現在の日本国の現状を憂える志士のような扱いをされている。メディアも、そんなふうに扱わないと、高島が、何もしゃべってくれないからである。そうした報道を、十津川は、じっと、見つめていた。

亀井刑事も、同じ気持ちで、十津川と一緒にテレビの報道を見、新聞の記事を読んでいる。

「誘拐犯は、なかなか後藤総監を解放しませんね」

と、亀井が、いった。

「一週間は、様子を見るといっていた」

「つまり、誘拐犯も、高島隆三は、真犯人かどうか、疑っているということですか？」

「そういうことだ。だから、一週間様子を見るといっているんだ」

「警部は、どう、思っているんですか？　高島が突然、無罪を、主張するようなことがあると、思っているんですか？」

「その恐れはある。その時、誘拐犯がどう出るかが心配だ。ただ、総監が、どこに監禁されているかが、わからないので、下手な動きはできない」

と、十津川が、いった。

「警部は、笠井道雄のことをどう思っておられるんですか？　真犯人だと、思っておられますか？」

と、亀井が、聞いた。

「そのことを、ずっと考えていたんだ。たしかに、あの男は、怪しい。高島が犯人でなければ、笠井が、犯人である可能性が大きい。問題は、笠井が犯人である場合の動機なんだ」

「動機は、はっきりしているんじゃありませんか。自分のいうことを聞かない一人娘と、その娘と、関係を持った親友への憎しみですよ」

「それがいかにも、図式的なんだ。まるで、数学の問題を解くように、笠井が犯人だという答えに、落ち着いてしまう。私は子供がいないから、カメさんに聞きたいんだが、自分に反抗的だという理由で、一人娘を、殺せるものかね？」

と、十津川が、聞いた。

「うちの娘は、まだ子供ですから、成人したらどうなるかわかりませんが、私なら、自分のいうことを、聞かないだけで、実の娘を殺そうとは、思いません」

「そうだろう。そこが問題なんだ。他に動機があれば納得するが、今の状況での動機は、どうにも納得できないんだよ。それなのに、高島が無実だといい出した時に、容疑者は、笠井しかいない。その笠井の動機が、今のままでは、どうにも、納得できなくてね。それで困っているんだ」

と、十津川が、いった。

第五章 七人のサムライ

1

形としては、捜査は行き詰まっていた。

誘拐犯は、あと一週間は、後藤警視総監を解放しそうにない。しなの鉄道の列車を、二年前の六月四日に爆破した犯人として、高島隆三が自供し、新聞発表もされたが、誘拐犯は、それを信用していないのだ。だから、後藤総監を、解放しようとしないと、十津川にも、わかっていた。

もちろん、警察が黙って、手をこまねいているわけではない。

警視庁のトップが、誘拐されたのである。すでに、そのための特別対策班が設けられ、今までに、二千人を超す捜査員が救出に動いている。

誘拐犯も、山中晋吉の息子の山中悦夫とわかっているのだが、依然として、居所がつかめていなかった。この捜査の難しさは、犯人が、危険を感じれば、容赦なく、人質の後藤総監を、殺してしまうに違いないことだった。

犯人の要求が、何億円という金銭なら、対応がしやすいのだが、形のない「名誉」だから、厄介なのである。

真犯人を逮捕して、父親の無実の罪を、晴らすという。その上、警察の発表を、簡単には信じようとしないところも、今回の事件の難しさだった。

十津川自身は、特別対策班の一人として、探しまわっているわけではなく、犯人と一対一の対応に当たっていたのだが、それでも、上司の三上刑事部長からは、連日、後藤総監が、まだ見つからないのかと、責められている。

そんな状況のなかで、十津川が、本音をいえるのは、亀井刑事だけだった。

「私はね。本心をいうと、高島隆三が列車爆破の犯人とは、思っていないんだ」

と、二人だけの時、十津川は、亀井に、いった。

「私も、半信半疑です。高島は、列車爆破の動機として、政治や社会に対する不満が積み重なってだといっていますが、簡単には、信じられません」

と、亀井も、いう。

「しかし、高島の自供は、信じられないとは、ひとことも口にしてはならないんだ。後藤総監が、殺される恐れがあるからな」

「まるで、綱渡りですね」

「だから、高島は、大量殺人の犯人なのに、威張りくさっている」

「こっちの立場を、見極めてるんですよ」

「一刻も早く後藤総監を、救出できれば、すっきりするんだがね」

「状況はどうなんですか?」

「それが、はっきりしないんだ。誘拐犯は、山中悦夫とわかっているんだが、彼に近づくと、後藤総監が、殺される恐れがあって、簡単に近づけない。それが、難しいんだ」

「八方ふさがりですね」

「唯一の出口は、列車爆破の真犯人を見つけ出すことだ」

と、十津川は、いった。

「しかし、そんなことを口にしたり、動いたりすれば、大変なことになりますよ。山中悦夫は、怒って、後藤総監を殺しかねませんよ」

「山中悦夫だって、高島隆三犯人説を信用しているかどうかわからないと思っている。だから新聞発表したにもかかわらず、後藤総監を、すぐには、解放しないんだ。あれは、不信の表われだよ」

「それなら、なおさら、真犯人探しで、動けませんよ」

「わかってるんだ。われわれが、山中悦夫を探しているように、向こうも、こっちの動きを調べているに違いないからね」

と、いってから、十津川は、

「しかし、このままでは、動きが取れない。それだけならいいが、あと一週間で、どんな結着になるか、それがわからない」

「一番いいのは、高島隆三が、列車爆破によって、二十二人を殺害した容疑で、起訴され、裁判の冒頭、彼が罪を認め、それで、山中悦夫が、納得して、後藤総監を解放することですね」

「だが、ここにきて、高島隆三は、一週間、起訴を延期して欲しいと、いい出しているんだ」

と、十津川が、いった。

「何のためですか？」

「高島自身は、理由について、何もしゃべっていないが、私は、こんな風に想像するんだ。高島は列車爆破と、その結果の二十二人の殺害について自供した。新聞発表も行われた。その結果、後藤総監が釈放されたら、警察に、恩が売れると、考えているんじゃないか。そうしておいてから、自供を覆す。無実だと主張する。そうなれば、警察も怒らずに、無実の主張を、聞いてくれるだろうし、自分は、警視総監救出の英雄になれるんだよ」

「なるほど」

「逆に、警視総監が殺されてしまったら、そのあとで、無実を主張しても、恩を売るどころか、無理矢理、自分は犯人に仕立て上げられてしまう恐れがある。その上、警視総監救出の英雄にもなれない」

「いかにも、悪党らしい計算ですね」

「どう結着するかわからないから、私としては、一週間以内に、どうしても真犯人を見つけ出したいんだ」

「しかし、その動きを知られたら、警視総監が殺される恐れがあると、警部は、いわれましたよね」

「その恐れは、大きい」

「では、動けないじゃありませんか？」

「だから、カメさんの知恵を借りたいんだ。何かいい方法を、考えてくれ」

と、十津川が、いった。

「しかし、山中悦夫は、父親のこともあって、われわれのことを、よく知っていますよ。だから、われわれは、動けません」

「その通りだ」

「それなら、われわれの代わりに、誰かに動いて貰うより仕方がありません」

「新人の刑事は、駄目だよ。向こうは、必ず調べるからね」

「それなら、民間に頼むより仕方が、ありませんよ」

と、亀井は、いった。

「そうだな。民間人に頼んで、それを、背後から、われわれが、動かすか」

「操り捜査で行くより、山中悦夫を欺せる方法はないかも知れませんよ」

「時間がないから、それで行こう」

「人選は、私に任せて下さい。私の方が、警部より、年長だし、それなりに世間を沢山見ていますから。ただし、金が、かかります」

「それは、私が何とかする。幸い、うちの奥さんには、資産家の親戚がいるから」

「その前に、一つだけ確認しておきたいんですが、警部は、山中晋吉が、犯人とは、思っていないんでしょう？」

「もう、そうは考えていない。彼は、獄中で病死しており、息子が後藤警視総監を誘拐して、真犯人を見つけろと、われわれに要求してくる理由もない。第一、事件の時、列車爆破の寸前に、ひとりだけ、下車すれば、犯人と疑われることくらいは、わかっているはずだからね」

と、十津川は、いった。

「それだけ、わかっていれば、十分です」

と、亀井は、頷いた。

2

亀井はたちまち七人の男女を見つけてきた。

その人間探しは、簡単だった。

亀井は、まず、警視庁出身で、現在、私立探偵をやっている橋本（はしもと）に、相談したのだ。

橋本が調べられれば、元警視庁刑事とわかってしまうので、今回は、人選だけを、頼んだ。

「それで、十人を頼んだんですが、信頼がおける人間として、七人が限度だというので、七人だけになりました。男四人と女三人で、三十歳前後の年齢が主で、七十歳の男ひとりが、含まれています」

と、亀井が、報告した。

「どうやって、橋本は、その七人を選んだんだ？　調べる時間も、なかったろう？」

「私も、その点を、聞いてみました。橋本は現在、優秀な私立探偵です」

「そんなことは、わかっている」

「人気があり、信頼される探偵です」

「それも知ってるよ。しかし、七人を調べる時間は、なかったろうと、いってるんだ」

「橋本の話は、こうです。就職の時、採用する企業が、心配するのは、在学時代に、学生が、問題を起こしていないか、ということだそうです。企業に調査部があれば、その調査部が調べますが、ない時には、探偵社に依頼するそうで、橋本も何人かの学生の身上調査をしたことがあり、調査をクリアした人間二人と依頼企業の社長ひとりが、七人のなかにいると、いっています。また、結婚調査も引き受けていたので、その時、調査した人も二人にひとりの妻君。残るのは、七十歳の男性ですが、定年退職した時、その退職金を、ある企業に投資しようとして、信用できる会社かどうか調べてくれと、橋本に頼みに来た。これが信用調査で、それ以来の付き合いだといっています」

「わかった。その七人に、頼もう。ただし、条件がある。依頼人は、あくまでも、橋本豊。期間は一週間、経費は、百万円プラス必要経費。それでやって欲しい、と橋本に伝えてくれ」

と、十津川は、いった。

十津川は、すぐ、内密に、橋本に、会った。

内密の依頼だから、橋本との間では、きちんと、契約を取り交わす必要があった。もちろん、金銭や期日の契約であって、仕事の内容については、橋本が、七人と取り交わすという形にした。

ただ、十津川が、何を調べて欲しいかは、直接、橋本に伝えることにした。

まず、二年前に起きた、しなの鉄道の列車爆破について、説明し、十津川の考えを、橋本に伝えた。

「現在、高島隆三という男が犯人ということになっているが、そのことは、忘れて、事件について、調べて欲しいのだ。しかし、警察が、高島犯人説に納得していないとは、いわないで貰いたい」

「それは、承知しています」

「それで、現在、私が、マークしているのは、事件のあった近くの滋野の地主で、名家の主人、笠井道雄という男だ。爆破された列車には、たまたま、笠井の娘のまなみ二十四歳が乗っていて亡くなっている。これだけ見ると、笠井は、列車爆破事件で、愛する一人娘を失った悲劇の主人公のように見えるのだが、別の見方をすると、娘が乗っているのを知っていて、列車に爆弾を仕掛けた極悪非道な犯人ということになってくるのだ」

「警部は、そちらの見方ですか？」

「いや。この列車には、その列車の爆破で亡くなった永井前警視総監が乗っていて、死亡しているから、警察としては、犯人の狙いは、永井前総監殺害だったと見ている。しかも調べていくと、笠井道雄と、永井前総監は、大学時代の親友だったとわかったんだ。笠井の話によると、この日は、六月四日の日曜日なので、永井前総監は、別所温泉で有名な岩盤浴に入りたいというので、笠井は、途中の滋野駅で一緒になり、上田駅で下車、そのあと、上田電鉄で、別所温泉に行くことになっていたと、証言しているんだ。もちろん、問題の列車に、娘のまなみが乗っていることは、知らなかったと証言している」

「その証言は、信頼できるんですか？」

「半信半疑なので、笠井と娘のまなみ、それから親友だった永井前総監のことも調べて、いろいろなことが、わかってきた。まず、まなみだが、大学時代、酔って車を運転し、老人をはね、懲役一年、執行猶予三年の刑を受けている。この時、親バカな笠井は、当時の永井総監に、娘の罪が軽くなるよう、よろしく頼むと、頼んでいる。これは、笠井本人の証言だ」

と、十津川は、いった。

「他にも、笠井道雄は、証言しているんですか？」

と、橋本は、聞いた。彼にしてみれば、これから難しい調査に入るので、わからないことは、すべて、聞いておきたかったのだろう。

「永井総監に頼んだので、自然に、永井前総監と、まなみが、親しくなっていったとも、笠井が話している」

「その先の想像はつきます。永井前総監は、当時、独身だったんじゃありませんか？」

「奥さんを病気で失って、二年前の時点では、ひとりだった」

「なるほど、ストーリイとしては、年の差の恋愛ということも考えられますね」

「笠井道雄は、その可能性は、あったようなことも、いっている」

「それなら、二人を同時に殺す動機が生まれます」

「そのことも、調べて欲しいんだよ」

と、十津川は、いった。

3

橋本は、事務所に戻ると、すぐ、七人を呼び集めた。

契約の内容を示してから、橋本は、しなの鉄道の路線図と、その途中駅の「滋野」の写真を七人に見せた。

「われわれの仕事の一つは、この集落の有力者、笠井道雄について調べることです。彼についてわかっていることは、二年前の列車事故で亡くなった永井前警視総監と大学時代の親友で、当日、一緒に別所温泉に行くことになっていたこと、もう一つは、溺愛していた一人娘のまなみを、同じ列車爆破で失っていることです。この列車に、娘のまなみが、乗っていることは知らなかったと証言しています」

「その滋野という集落に行って、笠井道雄について、調べるわけでしょう？」

と、三十五歳で、大企業の営業第一係長の吉田が、聞く。

「そうです」

「彼は、今も、その滋野の有力者ですね？」

「その通りです」

「そこへ、われわれが押しかけたら、間違いなく、怪しまれますよ。警戒されますよ。第一、ここにいる人たちのなかで、滋野に行ったことのある人なんか、いないでしょうに。行ったことのある人は、手を挙げてみてくれませんか」

吉田が、見まわしたが、手を挙げる者は、ゼロだった。

「それでは、七人で押しかけても、怪しまれない工夫が、必要ですね」

と、いったのは、夫婦で、カフェを経営している三十歳の宮崎だった。妻のみゆきも一緒だった。橋本は、この夫の方の、結婚調査をしている。

「どうしたらいいと思いますか？」

と、橋本が、聞いたが、答える者は、いなかった。

「私から案を出すので、考えて下さい」

と、橋本は、いった。

「ここに、探偵事務所を開設し、皆さんを探偵員とします」

「それなら、橋本探偵社でいいんじゃないかしら」

と、いったのは、七人のなかで、一番若い二十四歳の白井さくらだった。彼女は、去年、結婚寸前だったのだが、母親が心配して、橋本に、相手の男性の調査を依頼した。その結果、男が言っていることは、ほとんど嘘で、その上、結婚詐欺の前科もあるとわかって、助かっていた。今も独身で喜んで、今度の仕事に参加したのである。

「橋本という名前は使えません。調べれば、私が警視庁の刑事だったことがわかって、警戒されてしまいます。そこで、南村さんの名前を使わせて頂いて、南村探偵社とし、看板も掲げることにしたいと思います」

と、橋本は、いった。

南村善治、五十歳。極小ベアリング製造で、成功している中小企業の社長である。生来の骨董趣味で二年前に、なじみの骨董店で、志野の茶碗を見つけた。三百万円と安いので、買おうと思ったが、彼の目には、五百万円以上に思えて、安すぎると不安になり、橋本に調べてくれと頼んだ。特別調査である。その結果、ニセモノとわかり、南村は、三百万円を損せずにすんだ。

「南村探偵社には、南村社長と、六人の探偵員がいることになります。しかし、なかなか、調査依頼がなく、困っていた。そこで、業務内容を、結婚調査一本にしぼることにしました。これが、そのパンフレットです」

橋本は、あらかじめ刷っておいた三百枚のパンフレットを、どんと、テーブルの上に積み上げ、一枚ずつ、七人に配った。

それには、次のように、印刷されていた。

「わが社は、結婚調査専門の探偵社です。

最近結婚詐欺で、楽しいはずの人生の出発点で泣く事件が多くなっています。

ぜひ、わが社の調査で、楽しい人生の門出を迎えて下さい。

わが社は日本全国どこでも連絡あり次第、直ちに急行し調査します。

南村探偵社

電話――FAX――」

「私は、ここに残って、電話、FAXの受け付けに当たります」

と、橋本は、いった。

「皆さんは、まっすぐ、滋野には、行かないで下さい。小さな集落に、いきなり訪ねていくのは不自然で、怪しまれますから。まず、上田市を訪ねて、パンフレットを配ったあと、滋野にまわって下さい」

「滋野に行ったら、笠井邸を訪ねるんですか？　一人娘が死んでいるのに、結婚調査のすすめに行くのは、無茶だと思いますけど」

と、四十歳の三浦直子（みうらなおこ）が、いった。

彼女は、五歳の男の子を育てるため、アルバイトをしていた。いわゆる母子家庭である。五歳の息子を預ける保育所が見つからずに困っていた時、橋本が、私立探偵の調査力を使って、見つけてやっていた。

今回、その子の世話を保育所に任せて、お礼に、橋本を助けるという。一応、お礼をいったが、橋本は、彼女の日頃のアルバイトより、今回の仕事の方が、利益が大きいからだと、見極めていた。

「今の三浦さんの心配ですが、もっともだと思います」

と、丁寧（ていねい）に、いった。

「ただ、わが社は、初めて、日本中に、業務内容を宣伝してまわるんですから、あまり細かいことを知っていたら、かえって、おかしいんです。だから、笠井を訪ねたら、おたくに、お年頃のお嬢さんがいらっしゃるとお聞きしました。何か、当方でお役に立てることがあれば、お命じ下さい、と、いって下さい」

「きっと、相手は、怒りますよ。二年前の列車爆破で亡くなったと、怒鳴るかも知れませんよ」

「多分、そうなるでしょうね」

「じゃあ、失敗じゃありませんか？」

「そうです。私は、失敗を利用して、笠井道雄のふところに、飛び込んで行くことを、考えています。その方が、正攻法よりも、早く、笠井と親しくなれるんじゃないかと、考えているんです」

「どうやるんです？」

「まず、知りませんでしたと、平あやまりに、あやまって下さい。そのあと、お詫びに、お嬢さんのご位牌を、拝ませて下さいと、いうのです」

「それで、どうなります？」

「亡くなった娘のまなみは、笠井にとって、たった一人の子供で、溺愛していたといいますから、彼女について、誰かに話したいに決まっています。もし、笠井が、娘のことを話し始めたら、皆さんは、徹底して、聞き役になって下さい。上手くいけば、笠井は、自分のことや、亡くなった娘のこと、二年前の事件のことを、皆さんに話すことになるかも知れません」

4

七人は、各自の名刺を、近くの印刷所で、急遽作成したあと、その名刺と、三百枚のパンフレットを持って、出発した。

上田には、新幹線で行くのが早いのだが、二年前の事件についても、少しは知っておきたいので、軽井沢から、しなの鉄道に乗った。

上田で降りると、市内で、百枚のパンフレットを配ったあと、再び、しなの鉄道に乗って、滋野駅に向かった。

滋野駅に着いた時には、すでに、午後になっていた。

ここで、四十歳の三浦直子と、二十四歳の白井さくらの二人が、笠井道雄の家を訪ねることになり、他の五人は、滋野地区の他の家をまわることにした。

三浦直子と、白井さくらの二人は、広大な笠井邸を訪ね、玄関で、若い男に、名刺を渡して、ぜひ、ご主人にお会いしたいと告げた。

すぐに、笠井が出ては来ないだろうと思っていたのだが、驚いたことに、本人が、玄関まで出て来て、

「まあ、お上がりなさい」

と、二人に、いった。

奥の居間に通された。

「それで、ご用件は？」

と、聞かれる。三浦直子は、部屋の隅に、大きな仏壇があるのを、眼に留めながら、

「こちらに、お年頃のお嬢さんが、いらっしゃるとお聞きしたので、ぜひ、当社の結婚調査をご利用頂いて、間違いのないご結婚を」

と、いいながら、パンフレットを、渡した。

案の定、笠井の顔が、赤くなった。

「私の娘は、大事な娘は、もう死んだんだ。一年前の事件の日にな！」

と、叫ぶように、いった。

二人の女は、とたんに、土下座をした。

「申しわけございません。知りませんでした。申しわけありません」

これには、笠井があっけに取られたらしい。

「まあ、顔を上げなさい」

と、いう。

今度は、若い白井さくらが、いった。

「お詫びに、お嬢さんのご位牌がありましたら、拝ませて頂けませんか」

「向こうの仏壇に、娘の位牌がある」

と、笠井が、いった。

二人の女は、黙って、仏壇に近づき、位牌を、確認してから、ゆっくりと、手を合わせた。

それがすんで、元の位置に戻ると、その間にテーブルには、お茶と、和菓子が、並べられていた。

笠井は、機嫌がよくなっていた。

「そちらは、おいくつかな？」

と、さくらに、聞く。

「二十四歳です」

「死んだ娘も、当時二十四歳だった」

「申しわけありません。亡くなったお嬢さんのことを思い出させてしまって」

「いや。たまには、思い出したい時もあるんだよ。今日は、お二人のおかげで、楽しく、思い出すことが、できそうだ」

と、笠井が、いう。どうやら、橋本の思惑通りに、事態が動く感じだった。

二人の女の対応がよかったのか、笠井は、自分と娘のこと、そして、二年前の列車爆破のことを、笑顔で、話し続けた。

「私は、あの列車で、親友の永井警視総監が乗ってくるものとばかり思っていて、娘のまなみが乗っていることは知らなかった」

「お嬢さんは、きっと、黙って家に帰って、笠井さんを、びっくりさせようと思っていたんだと思います」

「そうかも知れないな。娘は、私をびっくりさせるのを楽しみにしていたからね」

「それって、お父さんを大好きだからですよ。私も父が大好きで、その父を、驚かせるのが、嬉しいんです」

「そうかねえ」

「そうですよ」

「そうか、好きな父親を驚かせるのが好きか」

と、いいながら、笠井は、なぜか、涙ぐんでいる。

そのことに、二人の女は、びっくりした。

「笠井さんは、よっぽど、亡くなったお嬢さんがお好きだったんですね」

と、直子が、いった。

「ああ。好きだったよ。たった一人の子だったからね」

「どんなお嬢さんだったんですか？」

「可愛かった。ただ、少しばかり、いたずら好きで、よく、私をびっくりさせて、それを楽しんでいたね」

「それが、お父さんが好きな証拠ですよ」

と、直子が、いい、

「お嬢さんの写真があったら、見せて頂けませんか」

と、さくらが、いった。

「見て頂くかな。悲しくなるので、長いこと、見なかったんだ」

と、いって、笠井は、一冊のアルバムを持ち出して、二人の前に置いた。

そこには、一人娘まなみの子供の頃から、二十四歳までの写真があった。

「可愛いわ」

と、子供の頃の写真を見て、さくらが、嘆声をもらし、二十代の写真には、直子が、

「おきれいだったんですねえ」

と、いった。

途中の年代の写真には、直子が、

「これ、入院されたんですか？」

と、聞いた。

病室と思われる場所で、看護師に、左手に包帯を巻いて貰っている写真だった。

「それは、娘が、珍しく酔っ払って、車を運転して、老人をはねてしまったことがあってね。幸い老人は、怪我だけですんだが、娘は飲酒運転で、逮捕されるし、左手に怪我をして、ご覧のように、病院で手当てをして貰ったりでね。私も、つい怒鳴ってしまった」

「お嬢さんは、活発な一面もあったんですね」

「それって、大学時代でね。仲間で、お酒を飲んで、電車か、タクシーで帰ればいいのに、つい、若いから、自分の車を運転して帰ろうとしたんだね」

「でも、問題を起こしたのは、この時くらいだったんでしょう？」

と、二十四歳のさくらが、聞く。

「まあ、そうだね。あんたは、どうなんだ？」

「私って、だらしがないんです。自分では、しっかりしようと思うんですけど、いざとなると、安易な方に、流されてしまって。いつも父を心配させてしまうんです」

と、さくらは、いった。

「父をって、母親はいないのか？」

「母は、私が高校の時に、亡くなっています」

「それなら、私の家と同じだな」

「え？　本当ですか？」

さくらは、わざと、大げさに、驚いて見せた。橋本に、笠井家のことは、教えられて、知っていたのだ。

笠井は、じっと、さくらを見て、

「父親だけということで、精神状態が、不安定だったりすることが、多かったりしたのかね？」

と、聞いた。

「自分ではわかりませんが、友だちには、感情が不安定だと、よくいわれました。

自分では母親がいたら、もっと、落ち着いた性格だったろうと思ってましたけど」

「そうか」

と、笠井は、頷いてから、

「もう一つ、聞きたいんだが、母親がいないと、娘というのは、父親を、男として見るようになるものかね？　君の気持ちを聞かせて欲しいね」

と、いった。

「そうですねえ」

と、さくらは、少し考えた。どう答えて、笠井の反応を見たらいいのか、迷ってから、

「笑わないで下さい」

「まじめに、聞いているよ」

「いつも、家では、父と二人でいるわけですから、時々、父に異性を感じることが、ありますよ」

「そうか、時々、父に異性を感じるか」

「そうです。強く感じた時なんかに、自分で、びっくりしたりしますね」

「その瞬間は、どうなんだ？　父に異性を感じて、びっくりするだけかね？　それとも、変愛感情になったりするのかね？」

「時には、そんな感情を持つこともあります」

「その時には、どうするんだ？」

笠井が、しつこく聞いてくる。

「あわてて、自分の部屋に逃げたり、眼をつむって、父に感じた異性を、消します。いけないことですから」

と、さくらが、答えた。

「父親の方は、そんな時、どうしたらいいのかね？」

「わかりません。私は、父親ではないので」

と、さくらが、逃げると、笠井は、今度は直子に眼を向けて、

「君の考えも聞きたいね。二十代の娘さんか、息子さんは、いないのか？」

「息子が、ひとりいますけど、まだ五歳です」

「じゃあ、異性には、感じられないね」

「ええ、もちろんです」

と、答えてから、直子は、

「小説なんかを読むと、成人した息子に、男を感じて、はっとする描写がありますけど、今の五歳の息子が、成人したとき、そんな気持ちになったら困るなと、思うこともあります」

と、いってから、

「私、小津安二郎の映画が好きで、何本か見ているんです」

「私も、小津の映画が好きで、今もＤＶＤをよく見ているよ」

「小津安二郎には、登場人物が、初老の父親と成人したひとり娘の二人のものがよくあります」

「そうだったかな」

「その上、ひとり娘が、嫁に行くのを、初老の父親が、じっと見守っている映画も、多いんです」

「そうだったかね。私は、覚えていないが」

「たいてい、父親と、娘は、娘が嫁に行く直前に、二人で、旅行に出るんです」

「そうだったかね？」

「二人は、旅館に泊まります。父親は、黙って娘を見守り、娘の方も父親を黙って見守るんですが、あの眼は、間違いなく、父親を見る眼ではない。異性を見る眼だという評論家の文章を読んだことがあるんです。あれは——」

と、直子が、いいかけた時、笠井は、急に、彼女の言葉をさえぎって、

「ああ、申しわけない。大事な用があるのを忘れていた。すぐ、外出しなければならんのだ」

と、いって、立ち上がった。

「おーい。すぐ、車を出してくれ！」

笠井が、大声で、いった。

二人の女も、急に、あわただしくなった雰囲気に戸惑いながら、

「私たちも、すぐ、失礼します。笠井さんのお話が面白くて、つい長居をしてしまいました」

「いや。私も、楽しかった。今日は、これで失礼するが、ぜひ、また来て下さい」

笠井は、それだけいって、さっさと、玄関の方に、歩いていく。

やがて、車のエンジン音が聞こえて、笠井は、出かけてしまった。直子と、さくらの方は、そのあとから、笠井邸を出る恰好(かっこう)になってしまった。

使用人の一人らしい、五十歳くらいの男が、二人に向かって、

「旦那様が、お話を中断して申しわけないと、いっておりました」

と、いう。

「あなたは、このお屋敷につとめて、長いんですか？」

と、直子が、聞いた。

「今年で、二十年です」

と、男は、誇らしげに、いう。

「それなら、二年前の列車爆破事件の時は、このお屋敷に、いらっしゃったのね？」

「はい。おりました」

「事件の時、一人娘のまなみさんが、亡くなったんでしょう？　その時の笠井さんの様子は、どうでした？」

「あの気丈な旦那様が、三日間、心労から入院されましたから、大変なショックだったと思います」

「この辺の病院にですか？」

「上田の大きな病院です」

「笠井さんは、それだけ、一人娘のお嬢さんを愛していらっしゃったのね」

「それは、大変なものでした」

と、男が、いった時、彼の携帯が鳴った。

二言、三言、しゃべってから、

「旦那様からでした。お客さまを、車で、お送りするように、いわれました」

「送って頂こうかしら？」

直子が、さくらを見る。

「じゃ、お言葉に甘えて、私は、駅まで、送って頂きたいと思います」

と、さくらが、いい、車で、駅まで、送って貰うことになった。

国産車だが、一番大きなトヨタの豪華車である。

「車は、何台あるんですか？」

「三台です」

「笠井さんは、国産車が、お好きみたいね？」

「二台は、トヨタです」

「トヨタが、お好きなの？」

「トヨタの大株主でいらっしゃいますから」

「もう一台は？」

と、さくらが、聞いた。

「白のポルシェです」

「え？　笠井さんは、スポーツカーを、運転なさるの？」

「いえ。お嬢さんへのプレゼントで、お買いになったんです」

「でも、お嬢さんは、列車爆破で、亡くなられたんでしょう？」

「お嬢さんが、帰って来られた時に、プレゼントするんだと、おっしゃってました。お嬢さんは、白のポルシェがお好きだということで、旦那様が、選んで、お買いになったんだと思います。お嬢さんが亡くなられたあとも、そのままで、私が毎日、磨いています」

「ひょっとして、列車事件の直前に購入したんじゃないんですか？」

と、直子が、聞いた。

「たしか、あの事件の十日前だったと思います」

と、男が答えた時、車は、駅に着いていた。

直子も、さくらも、まだ、聞きたいことがあったが、先のことがあるので、男に、礼をいって、車を降りた。

それでも、最後に、さくらが、

「あなたのお名前、教えて」

と、声をかけた。

「ムラカミ・シンスケです」

大声で答えて、邸（やしき）に帰っていった。

さくらは、スマホに、その名前を、打ち込んだが、

「ムラカミは、村上だと思うんだけど、シンスケは、どんな字かしら？」

と、手を止めて、直子に、聞いた。

直子が、笑って、

「あの人に、手紙でも書くつもり？」

「そんな気はありません。進介にしておきます」

「私は、他の五人に連絡をとってみるわ」

直子は、携帯をかけてから、さくらに、

「時間が、決められないから、上田に、先に行ってくれですって。駅前に、六文(ろくもん)銭(せん)のマークの入ったカフェが、あったでしょう。あの店で、待っていて下さいって」

と、いった。

ちょうど、列車が来たので、二人は、それに乗って、上田に向かった。

上田に着くと、直子も、さくらも、この町が改めて、真田の城下町なのだと思った。町中に、六文銭のマークが、氾濫しているからだ。

駅前の六文銭のマークのついたカフェに、入る。店の名前は、「真田丸」である。

ママさんも、真田紬(さなだつむぎ)の着物姿だった。

抹茶と、和菓子で、ひと息ついてから、

「さくらちゃん。今日の感想をいって」

と、直子が、いった。

「まだ、うまくまとめられないんだけど、一番嬉しかったのは、歓迎されたこと。だって、笠井さんは、土地の有力者で、気むずかしい感じでしょう。それに、こっちが玄関で差し出した名刺の肩書きが、南村探偵社、結婚調査専門じゃないですか。敬遠されてもおかしくないのに、笠井さん本人が、わざわざ出て来て、上がらせてくれたのにびっくりしたんです。噂とは反対に、いい人なんだなと、思ったんですけど、直子さんは、どう感じたんですか？」

「私も、びっくりしましたよ。さくらさんと同じで、笠井氏本人が、わざわざ出て来て、奥へ通してくれたから。その理由を、ずっと考えていたの」

「私は、今いったように、本当は、優しいいい人なんだなと思ったんですけど、直子さんは、違うんですか？」

「さくらちゃんは、何歳だったかしら？」

「二十四歳ですけど」

「私は、あなたの倍近い四十歳。それに、ひとりで反抗期の息子を育てて、苦労しているの」

「それは、わかりますけど」

「だから、私は、簡単には、欺されないのよ」

と、いって、直子は、笑った。

さくらは、笑わずに、

「直子さんは、笠井さんが、私たちを、欺したと思ったんですか？」

と、聞いた。

「彼が、私たちを欺したとしたら、なぜ、欺したのかその理由を考えてるのよ」

「でも、私たちを、欺す理由なんかまったくないと思います。初めて、会ったんですから」

「初めて会ったのは、本当だけど」

「それに、私たちは、笠井道雄を調べに、ここへ来たんですけど、向こうは、何も知らないわけでしょう？」

「たしかに、そうなんだけどねえ」

「直子さんて、疑り深いんですね」

「だから、いってるでしょう。中年で、苦労してきて、今も苦労しているから、自然に、疑り深くなるんだって」

と、直子は、天井に眼を向けて、しばらく、考えていたが、

「私たちの名刺のせいかな」

「え？」

「名刺に、南村探偵社、結婚調査専門という肩書きがついてたでしょう。それで、本人がわざわざ迎えてくれたのかも知れない」

「それは、ないと思います」

「どうして？」

「私立探偵社なんて、たいていの人が、敬遠しますよ。それに、地元の探偵社じゃなくて、東京の探偵なんですから」

「でも、笠井が私たちを自分で迎えに出てきたのは、何か理由があるはずだわ」

「どんな理由ですか？」

「………」

「何ですか？」

「あ、あれだわ！」

と、突然、直子が、大声を出した。

「あれって、何です？」

「彼は、娘さんが、なかなか、東京から帰って来なくて、悩んでいたことがあった」

「ええ。それで、娘さんのご機嫌を取ろうと、彼女の好きなポルシェを買って、プレゼントしようと考えていたんですよ」

「娘と、関係が、上手くいかなかった時、その理由を知りたくて、笠井は、私立探偵を雇って、調べたんじゃないかしら。だから、私たちの名刺を見て、家に上げたんじゃないか。そうだわ。そうに違いない。他に理由は、考えられないわよ」

直子は、ひとりで叫び、ひとりで、頷いている。

「どういうことなんですか？　勝手に、頷いてますけど」

「いいこと。笠井は、娘が、いっこうに、帰って来ない時、その理由を知りたくて、私立探偵を雇って、調べさせた。その時、娘は東京にいたから、当然、東京の私立探偵を雇った。そんなことがあった。そこへ、私たちが、東京の探偵社の名刺を持って、突然、訪ねていった。さくらちゃんのいう通り、普通なら敬遠されるわ。でも、笠井は、前に、私立探偵、それも、東京の私立探偵を雇って、娘のことを調べたことがあるから、とっさに、誰かが、東京の私立探偵を雇って、自分のことを、調べようとしていると、思ったのよ。だから、私たちのことを、いろいろと、探ろうとして、わざと、家に上げたんだ。間違いない。これが正解」

「じゃあ、偶然、笠井さんは、私たちの目的がわかったということなんですか？」

「そうなのよ」

なぜか、直子は、はしゃいでいる。

「じゃあ、私たちのやってることは、最初から失敗してるんじゃありませんか」

「それは、みんなが集まったら、相談しようじゃないの」

「直子さんは、変に、元気ですねえ。初戦敗北だというのに」

「まだ、決まったわけじゃないわよ」

相変らず、直子は、元気だった。

三十分ほどして、残りの五人が、やって来て、店のなかが、急に、賑やかになった。

その五人も、直子たちと同じように、抹茶と和菓子で、ひと息ついてから、南村が、幹事役になって、店のなかで、報告会が、開かれた。

まず、南村が、五人組で、滋野で、何をしたかを、直子とさくらに、説明した。

「人数は、お二人の方が少ないが、行動としては、そちらが主力で、われわれ五人は、その援護に当たったということになる。われわれは、滋野の集落を歩きまわり、パンフレットを配り、東京の私立探偵社の宣伝をした。南村探偵社が実在することを、宣伝しないと、直子さんとさくらさんが、疑われてしまうからだ。もちろん、われわれ五人は、その他、笠井道雄のことを、聞いてまわった。その結果、この男の人間像をつかむことができた。人間だから、表と裏がある。表の方は、滋野第一の資産家であり、政治力もある。上田にも、マンションを持ち、大企業の大株主でもある。滋野の人たちは、彼を尊敬し、同時に恐れている。これが、表の顔だ。裏の顔は、少しばかり、悲劇的だ。これは、真相とは違うかも知れないが、知られている限り、家庭的には、恵まれていない。妻は、早く病死し、そのためか、一人娘のまなみを、溺愛していたが、父娘の仲は、必ずしもよくなかったという声がある。その一人娘も、二年前の列車爆破で亡くなった。これが、今日一日で、わかったことだ。ところで、直子さんの方は、どうなったか、ここで報告して下さい」

と、南村が、さくらに向かって、直子に話を振った。

直子は、さくらに向かって、

「私が、話していい？」

と、聞く。

「どうぞ。私には、上手く説明できませんから」

と、さくらが、いうのを、聞きとがめて、

「難しいことになっているんですか？」

と、南村が、聞いた。

「それを、これから報告しますから、判断をお願いしたいんです」

直子は、笠井邸を訪ねて、表面上は、笠井本人に歓迎されたように見えたが、結果的に、こちらの意図を見すかされて、警戒されたような気がすることを、し

やべったあと、

「これは、すべて、私の勝手な想像でしかないんです。笠井が、自分の娘の行動を、東京の私立探偵に調べさせたに違いないというのも、私の勝手な想像で、証拠は、ありません。また、彼が私たちの名刺を見て、誰かが、自分のことを調べていると思ったというのも、同じく、私の想像でしかありません。ですから、その判断を皆さんにお願いしたいんです。大事なことですから」

と、五人の顔を見まわした。

すぐ、声を出す者はいなかったが、今まで黙っていた、最年長の、島中秀太郎（しまなかひでたろう）七十歳が、ゆっくり、手を挙げた。

国立大卒業のあと、なぜか、国立国会図書館に入り、定年まで勤めたという、変わった経歴の持主だった。その間、十万冊の本を読んだというが、本当かどうかは、わからない。

橋本との関係も、少し変わっていた。島中は、こつこつと貯（た）めた貯金と、退職金で、都内にマンションを三部屋購入していた。その一つを、橋本に貸しているのである。家主である。

その島中秀太郎が、おだやかな口調で、話した。

「私は、三浦直子さんの想像は、二つとも、的確だと、思います。笠井は、間違いなく、一人娘の行動を、東京の私立探偵に調べさせたと思うし、何者かが、自分のことを調べていると疑い始めています。後者の件は、一見、こちらの失敗のように見えますが、私は、逆だと考えます。なぜなら、笠井は、あわてて、動き出して、彼が、何をしたのかが、明らかになると、確信するからです」

島中はさっそく東京で待機している橋本に、この現地調査の結果を伝えた。橋本は報告を受けて、島中と同じ感触を得た。

そして、このことを早く十津川に伝えてあげなければと、思ったのである。

第六章　抗　争

1

十津川の現在の立場、気持ちは、まるで、危険な綱渡りをしているのに近い。

二年前しなの鉄道の普通列車が、何者かに、爆破され、二十二人が死亡した。

犯人として、高島隆三という男が、自首してきたので、逮捕した。

しかし、高島隆三は、警察が、追っている容疑者ではなかった。

十津川たちが、高島の前に逮捕したのは、山中晋吉という男だった。

山中晋吉は、警察を恨んでいた。そこで、問題の列車には、当時の永井警視総監が、乗っていたので、山中晋吉が、復讐(ふくしゅう)のために、列車を爆破したと考えた。

警察は自信を持って、山中晋吉を逮捕したのだが、山中晋吉は、獄中で病死してしまった。ところが、彼の息子の山中悦夫が、いきなり、現警視総監の後藤有一郎を誘拐し、亡くなった父は、列車爆破などやっていない。真犯人は別にいる。警察は、真犯人を逮捕して、すみやかに亡くなった父の潔白を証明しろ。さもないと、誘拐した後藤総監を殺すと、いってきたのである。

間違いなく、山中悦夫は、警察が賢く対応しないと、後藤総監を殺すだろう。

そこで、頼りは、自首してきた高島隆三である。

高島隆三は、逮捕されているから、犯人として起訴し、裁判にかければ、山中悦夫は、誘拐した後藤総監を、解放する可能性がある。

問題は、高島隆三だった。

十津川たちは、高島隆三を容疑者として、取調べていないのである。

だから、自信がなかった。

自首してきた高島隆三を、十津川たちは質問攻めにした。

だが、列車爆破犯と断定できる自信は、持てなかった。

しかし、簡単に、釈放はできなかった。

他に、容疑者が、いなかったからである。いや、一人、山中晋吉がいたが、死亡しているし、息子の山中悦夫は、後藤現警視総監を誘拐し、警察が、真犯人を見つけなければ、総監を殺すと、脅迫しているのだ。

つまり、山中晋吉の無実を証明しなければ、警視総監を殺すといっているのである。したがって、山中晋吉を犯人だと主張はできない。

と、なると、現在、手持ちの爆破犯は、高島隆三しかいないのである。

そこで、捜査会議で、次のようなシナリオを考えた。

高島隆三を、列車爆破と殺人の容疑で、起訴して、裁判にまわす。

それを、警察が、山中晋吉を無実としたと山中悦夫が考えて、後藤総監を解放したら、改めて、列車爆破事件の捜査に当たるつもりだった。

一方、十津川たちは、爆破事件の捜査を進めていて、真相に近づきつつあるという予感も、持っているのだが、その「真相」に、まだ確信が持てないのである。

だから、「危険な綱渡り」ということになってくる。

現在、最大の期待は、後藤総監の無事救出である。

ところが、今のところ、そのカギを握っているのは、高島隆三という男なのだが、十津川はこの男を、信用できずにいる。

大きな事件が、起きると、必ず、自分がやりましたと、自首してくる男がいる。一時的に、マスコミが殺到するから、それを楽しみにしている男である。もちろん、嘘なのだが、高島隆三は、そんな男のひとりなのでないかと、十津川は、疑っているのだ。

そこで、この高島隆三の経歴を調べてみたのだが、なぜか、はっきりしないのである。

間もなく、地裁で、この事件の裁判が、始まる。

この時が、勝負だろうと、十津川は、見ていた。

山中悦夫も、同じように考えているらしく、まだ、後藤総監を解放していないのである。

高島隆三が、単なるお騒がせ男なら、裁判が、始まった時点で、自白はすべて嘘で、列車爆破とは、関係ありませんと、主張するはずである。

裁判で、有罪が決まったら、間違いなく、死刑だから、妙な遊びはもうできないからだ。

山中悦夫も、同じように、見ているに、違いなかった。

裁判で、高島隆三の有罪が、確定すれば、父、山中晋吉の無実が、立証されたとして、後藤総監を、解放するだろう。

（参ったな）

と、十津川が、思っているのは、何よりも高島隆三という人物が、わからないからである。

彼の心が、読めないのである。

そんな時、地裁から、十津川に知らせがあった。

裁判を控えて、被告人の高島隆三に、何か動きがあったら、どんなことでも知らせて欲しいと、頼んでおいたのである。

「被告人側が、急に、弁護人を、二人から五人に、増やしました」

と、いうのである。

知らせてくれたのは、江藤（えとう）という地裁職員だった。

「その三人は、何が専門の弁護士ですか？」

と、十津川が、聞いた。

「殺人、特に、銃火器を使った殺人が専門です」

と、江藤が、いう。

「おかしいな。今回の列車爆破事件では、銃は、使用されていないんだが。前の二人の弁護士の専門は何だったんですか？」

「鉄道事故が専門です」

「それなら、納得できますが、銃器を使用した殺人事件が専門というのは、ちょっと理解できませんね」

「検事側も、弁護団や、被告の考えが、わからないと、いっています」

「今まで決まっていた弁護士二人は、たしか、寺川法律事務所の所属でしたね？」

思い出して十津川が、聞いた。

「そうです。二人とも、寺川法律事務所の所属です」

「新しく加わった三人は、どこの法律事務所の所属ですか？」

「同じ寺川法律事務所です」

「大きな事務所みたいですね」

「所属する弁護士は、二十五人です」

「最近、この寺川法律事務所が取り扱った大きな事件を教えて下さい」

と、十津川は、頼んだ。

「そうですね。五年前に起きた軽井沢における元アメリカ駐日大使銃撃事件があります。軽井沢の別荘に住む、元駐日大使を、アメリカ嫌いの日本青年が、ライフルで狙撃し、重傷を負わせた事件です」

「覚えています。その弁護を引き受けているんですか？」

「そうです。寺川法律事務所が、引き受けています。今回新しく加わった弁護士三人は、五年前の事件の弁護をしたのと、同一人です」

と、江藤は、いった。

（偶然だろうか？）

二年前の列車爆破事件で、銃は、使用されていない。それなのに、なぜ、銃による事件専門の弁護士が、三人も追加されたのか。

そんな悩みを持て余している時、突然、三上刑事部長から、

「すぐ、公安部長に会いに行け。向こうが、君を指名して、会いたいと、いっているそうだ」

と、指示された。

「今回の事件に、公安が、関係しているんですか?」

と、十津川が、聞くと、

「おれは知らん。公安部長に会ったら、聞いてみろ」

と、三上は、不機嫌だった。

十津川は、公安、特に公安部長と話をするのは、初めてだった。刑事と公安は、どうしてもぶつかることが多い。

だから、今度も、公安から、文句が入ったんだろうと、十津川は、考えていた。三上刑事部長も、そう思って、不機嫌だったに違いない。

しかし、山際(やまぎわ)という公安部長は、笑顔で、十津川を迎えた。

コーヒーを、すすめてくれる。

「現在、こちらが注目しているのは、二年前に起きた、しなの鉄道の列車爆破事件なんだ」

と、山際部長が、いう。

「それは、当時の永井警視総監が、犠牲者のなかにいるからですか?」

「最初は、そうだった。犯人の目的が、警視総監殺しにあったのではないかと、考えられたからね。テロ組織が、日本の中心、東京の公安の破壊を狙ったのではないかと、考えた時があった。したがって、あの事件のあと、霞が関が、狙われるのではないかと、警戒していたのだが、それは、なかった」

「そうです」

「しかし、現在の後藤警視総監が、消えた。警視庁に、問い合わせても、正確なことには、口を閉ざしている。われわれが、誘拐された情報は、つかんでいるのにだ」

「誘拐されたのは、本当です。犯人もわかっていますし、犯人の目的も、わかっています」

十津川は、正直に話した。

地裁での裁判が始まれば、嫌でも、わかってしまうと思ったし、公安は、すべて承知していると、思ったからである。

山際部長は、笑って、

「こちらが持っている情報と、一致している。警視庁の心配は、地裁の開始の時の高島隆三の動きというわけか？」

「そうです。後藤有一郎総監の命が、かかっていますから」

「開廷と同時に、被告人の高島隆三が、罪状を否認することが、心配なんだな？」

「山中悦夫も、裁判の動きを、見守っているはずですから、高島隆三が、列車爆破を否定すれば、後藤総監を殺す恐れがあります」

「それは、心配しなくていいよ」

と、山際は、あっさり、いった。

「え？」

「私が、約束する。高島隆三は、罪状否認はしないよ」

と、山際は、いった。

「どうして、わかるんですか？」

十津川が聞くと、山際は逆に、

「高島隆三のことは、調べたんだろう？　それで、何かわかったのか？」

と、聞き返してきた。

「彼の経歴を調べたんですが、はっきりしませんでした」

「そうだろう。彼の経歴は、ゼロだ。つまり彼について、さまざまな経歴が用意されているということだよ。その時々に、都合のいい経歴がだよ」

「しかし、今回、列車爆破事件の犯人として、自首しています。間違いなく、死刑です。なぜ、そんなことをしたんでしょうか？」

と、十津川は、聞いた。

「それについて、話し合いたくて、この事件を担当した君に、来て貰ったんだよ。これは、あくまでも、極秘事項なので、そのつもりで、聞いて貰いたいのだ」

山際は、声を落として、いう。

「わかりました」

と、応じるよりなかった。

「実は、あの男は、国際的な犯罪者でね。特に、東南アジアで起きた多くの事件に、からんでいて、各国政府の指名手配を受けて、動きが、取れなくなっている。どの国に行っても、逮捕される前に、射殺されてしまうだろう。そのうちに、各国の闇の組織の殺し屋が、日本にやって来て、高島隆三を殺すことになる。それも、残酷な殺し方をする。逆さ吊りにしたり、身体中の血を抜いたりだ。公安としてては、高島を守ることは、できない。だから、大きな事件の犯人として、死んだらどうだ、と彼にいってやった。英雄として、死ねるぞと、勧めたら、彼も納得した。うちも、東南アジア関係の情報を、彼から貰っていたから、無関係というわけにはいかないのだ。だから、地裁の裁判について、警察も黙って見守っていて貰いたい。わかったかね？」

山際が、じっと、十津川を見ている。

十津川が、微笑した。

「今の話、全部、嘘ですね？」

瞬間、山際の眼が、光った。彼が、拳銃を持っていれば、殺されるだろうと、十津川は、感じた。

2

「どうして、そう思うのかね？」

山際の声は、もう平静になっていた。

「今の部長の話は、あまりにも芝居じみています。また警視庁も、アジア各国の警察と絶えず、情報交換していますから、部長のいわれるような問題は起きていないと承知しています。もう一つ、私も、高島隆三とは、何回か話し合っています。彼の経歴は、結局、わかりませんでしたが、彼の性格は、わかりました。人生の最後に、大事件の犯人となって、名前を残すといった性格じゃありません。どんな時でも、プラス、マイナスを計算する性格の人間です」

「わかった」

と、いって、山際は、小さく笑って、

「では、これから、本当の話をしよう。ただし、この話についての質問は、受けつけないし、私も、君に感想を求めない。黙って聞き、黙って帰ってくれ」

そのあと、二回目の山際の話が、始まった。

「高島隆三は、極右、極左の情報をつかむために、われわれが、使ってきた。優秀な人間だった。ここにきて、極右、極左の信用を失い、警戒されるようになった。われわれのスパイと、わかったわけではないが、信用が、失くなったのだ。そこで、彼を洗滌することにした。極右、極左の最大の敵、警視総監を殺すために、高島隆三は、総監の他に二十一人の人間を殺した。これなら、疑い深い連中も、彼を信用するだろう。だから、高島隆三が、罪状を否定するはずはないのだ。これで、私の話は、終わりだ」

山際は、約束どおり、そのまま、黙ってしまった。

十津川は、軽く頭を下げてから、部長室を出た。

桜田門に戻ると、山際公安部長が、口にしたストーリイを、そのまま、三上刑事部長に伝えた。

「それで終わりか？」

と、三上が、聞く。相変わらず、不機嫌である。

「そうです。山際公安部長の話は、それで終わりです」

「しかし、高島隆三は、公安が、使っていたスパイで、極右、極左の情報集めをやっていたが、ここに来て、相手が信用しなくなった。それでしなの鉄道の列車爆破の犯人になれば、信用を回復できるというんだろう？」

「連中の最大の敵である警視総監を殺すために、ほかに二十一人もの人間を殺したとなれば、間違いなく、信用されるだろうということです」

「つまり、洗滌して、もう一度、スパイとして利用するというんだろう？」

「そうです」

「そこが、おかしいじゃないか。二十二人も殺したら、死刑はまぬがれない。そうだろう。もう一度、スパイとして、使うなんて、できないだろう。死刑なんだから」

「しかし、高島隆三は、罪状否認をしませんから、後藤総監は、無事に解放される可能性があります」

と、十津川は、いった。

「公安の言葉を、信用するのか？」

「信用したいと思っています」

と、十津川は、いった。

正直いって、十津川は、半信半疑だった。

三上部長のいう通り、山際公安部長の話は、たしかに、辻褄が合わない。

それでも、十津川は、山際の顔を思い出すと、彼の言葉を信じたくなってくるのだ。

特に、地裁で、高島隆三の裁判が始まった時、彼は罪状否認はしないと、山際はいった。

その言葉を、信じたかった。誘拐された後藤総監の生命が、かかっているからである。

しかし、十津川としては、最悪の事態も考えて、手配しておく必要があった。

十津川は、何とかして、後藤総監が、監禁されている場所を調べ出し、実力で、解放することも、考える必要があった。

捜査員の増員を要求し、五百人態勢で、後藤総監を、探すことにした。

しかし、見つからない。

十津川は、亀井と指揮を執りながら、ラジオで、地裁で始まった列車爆破事件の裁判の動きを聞いていた。

裁判長が、被告人の高島隆三に尋ねる。

〈二年前の六月四日、軽井沢一一時四六分発長野行のしなの鉄道普通列車の二両目を爆破し、二十二人を殺害したことを、認めますか？〉

　これに対して、高島隆三が、何と答えるか？

〈認めます〉と答えれば、一時的にだが、後藤警視総監は無事だが、〈無実です〉と、答えたら、その瞬間から後藤総監の生命は、保障されなくなるのだ。

　十津川と、亀井は、身体を固くして、耳をすます。

　一時(ひととき)の間を置いて、高島隆三が、答えた。

〈認めます〉

　その瞬間、十津川は、思わず、ほっと溜息(ためいき)をついた。

　そばから、亀井が、いった。

「公安部長の予言が、当たりましたね」

「だが、これからが、問題だ。一番の問題は、後藤総監が、無事解放されるかどうかだ」

「山中悦夫も、このラジオ放送を聞いているでしょうか？」

と、亀井が、聞く。

地裁で始まった公判は、最初、テレビでも、ラジオでも、放送の予定はなかった。それが、鉄道爆破事件という大事件の上、被害者のなかに、当時の警視総監が含まれているということで急遽（きゅうきょ）、ラジオで、中継することに、決まったのである。

当然、山中悦夫も、このラジオ放送を聞いているはずなのだ。それも、十津川と同じように、息をひそめてである。

だから、被告人の高島隆三が、〈認めます〉と、いった時、十津川と同じように、ほっとしたに違いない。

ここまでは、想像できる。

問題は、この先だった。

山中悦夫が、これで、父親の名誉は挽回（ばんかい）されたとして、後藤総監を解放するか、それとも、裁判が終わるまで、解放しないかである。

十津川は、急遽、後藤総監探しを中止した。微妙なところなので、山中悦夫を刺戟（しげき）するのを、避けたのである。

山中悦夫が、後藤総監を解放する気になっているところへ、刑事たちが近づけば、総監を殺して、逃亡するかも知れなかったからだ。

山中悦夫にとっても、誘拐した後藤総監は重荷のはずである。総監を始末して、身軽になって、逃亡したい誘惑に絶えず、駆られているだろう。その気持ちを、刺戟したくなかったのだ。

十津川を含めた捜査陣は、じっと、後藤総監が、解放されるのを待った。

その間も、地裁の審理は、続く。

十津川は、それも、注意深く聞いていた。

特に、被告人の高島隆三に対する検事側の訊問と、それに対する高島の応答に、十津川は、集中した。

裁判の冒頭、高島隆三は、列車を爆破し、二十二人を殺したことを認めている。

その事実を変えずに、検事側の訊問に答えてくれればいいのだが、時には、突然、

〈すべて、警察官の拷問に近い取調べで、仕方なく、認めたもので、実際、私は今回の事件とは、無関係です。誰も殺していません〉

と、いい出すことも考えられる。

十津川が、恐れるのは、被告人高島隆三の突然の裏切りなのだ。

もし、彼の、突然の裏切りが、法廷で、行われたら、その瞬間、後藤警視総監の生命は、危険に、さらされるのである。

その上、裁判は、延々と、続くのである。

その間、高島隆三の証言を、はらはらしながら、見守っていなければならないのである。

山中悦夫も、同じ気持ちで裁判を見守っているから、後藤総監を、解放しないのだろう。

山際公安部長は、高島隆三は、途中で証言を変えたりはしないと、いったが、果たして、個人の意識まで、信用できるものだろうか？

その上、裁判は、今年中に、結着するが、判決が下りるのは、来年の春だと、新聞に発表された。何しろ、死者が、二十二人もいるので、その一人一人について、審理しなければならないというのである。

そんな新聞発表に、三上刑事部長が、怒りを、爆発させた。

「それまで、総監は、解放されないのか！」

　こうなってくると、山中悦夫が、いつ、後藤総監を解放するのか、読めなくなってきた。

　捜査会議で、三上刑事部長が、叫んだ。

「裁判とは関係なく、後藤総監を見つけ出して、救出しろ。その時、山中悦夫が、抵抗したら、射殺しても、構わん！」

　このため、再び、五十人の捜査員が動き出した。しかも、そのうちの五人は、拳銃を携帯している。

　十津川は、三上部長には、黙って、山際公安部長を訪ねて、事情を説明した。

「怖いのは、山中悦夫の反応です。怯えるか、怒るかして、後藤総監を殺す恐れが、あります」

「それで、君は、何が望みなんだ？」

　と、山際が、聞く。

「裁判を急がせることは、無理でしょう。そうなると、何とかして、後藤総監を救出したい。他に、何をしたらいいか、わからないのです」

十津川が、答えると、

「総監が、今、どこに監禁されているか、わかっているのか？」

「わかっていれば、救出に向かっています」

十津川が、むっとして、いうと、山際は、初めて笑って、

「山中悦夫という男に、これ以上、警視総監を監禁していても無駄だと思わせればいいんだろう？」

「そうです。どうするんですか？」

「われわれは、自分たちの計画を、説明することはしない。私を信じて、待っていればいい。これで、終わりだ」

山際の顔から、笑いは、消えていた。

十津川は、このことを、三上刑事部長には、伝えなかった。

翌日のテレビが、衝撃のニュースを伝えた。

問題の裁判は、長野地裁で、行われていた。

被告人の高島隆三は、長野拘置所に収監されていて、そこから、裁判所に出廷していた。

この日の朝も、いつものように、裁判所からの迎えが、来たのだが、高島隆三は、拘置所のなかで、死んでいることが、わかった。

パジャマを引き裂き、ロープ状にして、それを使っての縊死だった。

遺書も見つかった。

拘置所の職員に、自分の心情を書き止めておきたいといって、サインペンと、メモ用紙を貰っていたのだが、そのメモ用紙に記したものだった。

〈私は、二年前の六月四日、しなの鉄道の列車を爆破して、二十二人の人たちを、殺しました。目的は、乗客のなかに永井警視総監がいると知ったからです。私は、警察にひどい目にあっていたので、警視総監を殺すことで、復讐したかったのです。しかし、結果的に、他に二十一人の無関係の人たちも、殺してしまいました。

私にも良心のカケラがあるので、連日の裁判は、苦しいのです。私は、二十二人の人たちを殺しました。間違いありません。申しわけありませんが、ここで、苦しみから、解放して下さい。お願いします。

高島隆三〉

筆跡も、高島隆三本人のものと、確認された。

拘置所には、その夜、五人の職員がいたが、誰も、高島隆三の自殺に気付かなかったという。

裁判長は、間もなく、被告人不在のまま、列車爆破と、二十二人の殺人によって、死刑の判決を下すだろうという。

これは、なぜか、三日後に、素早く、実行された。被告人高島隆三の自殺によって、さまざまな噂が、噴出した。裁判中に、被告人が自殺するという事態に、裁判所の責任が追及された。

そうした、さまざまな疑問や、噂を、一挙に抑え込むために、急いで判決が下されたのだろうといわれた。

警視庁が喜びに沸いたのは、後藤有一郎総監が解放されたことだった。

総監自身が、電話をかけて来て、十人の刑事が、急行した。

奥多摩の無料駐車場に、キャンピングカーが駐まっていて、その車内に、後藤総監が、閉じ込められていたのである。

アメリカ製の大型のキャンピングカーで、数人が、寝泊まりできる広さだった。

後藤総監は、一番奥の部屋に、監禁されていた。

犯人は、男三人で、そのなかに、山中悦夫がいたが、他の二人は、何者かわからない。車の外に出ることは、許されず、トイレに行く時以外は手錠をはめられていた。

解放される前日、夕食に、睡眠薬が入っていたらしく、熟睡してしまった。気がつくと、手錠はなく、枕元に、自分の携帯が置いてあった。

犯人の姿はなかったので、解放されたとわかり、すぐ、携帯を使って、警視庁に連絡したと、いう。

もちろん、誘拐犯人、山中悦夫の指名手配がされた。が、解放された後藤総監は、たちまち、記者たちに囲まれ、記者会見が、行われた。

テレビも、加わった。

後藤総監が、監禁中の様子を話す。

「キャンピングカーは、一ケ所にとどまっていなくて、絶えず、移動していた。食事はほとんど、コンビニで買ったものだった。犯人の山中悦夫は、絶えず、テレビやラジオのニュースを聞いていた。長野地裁で行われていた裁判も、ラジオで聞いていたが、途中から、私は聞かせて貰えなくなった。扱いは、おおむね丁寧だったが、彼の父親、山中晋吉のことで、批判すると、殴られた」

後藤総監が、そんな話をしている。

十津川は、別室で、それを聞きながら、亀井刑事に向かって、

「不思議な事件だった」

と、いった。

「私たちは、みんな、高島隆三が、真犯人でないことが、わかっていた。それなのに、後藤総監のために、真犯人になってくれることを願っていたんだ」

「私にも、わからないことが、いくつかあります。第一に、高島隆三は、なぜ、鉄道爆破の犯人だといって、出頭して来たのか、それが、わかりません」

「多分、洗滌のためだよ」

「洗滌ですか？」

「公安部長が、いっていた。高島隆三を使って、極右、極左の情報を収集していたが、ここに来て、高島隆三が、相手から信用されなくなった。そこで、公安は、

洗滌を考えたんだ。永井警視総監が、二年前の六月四日に、しなの鉄道の列車に乗っていて、爆破され、死亡した。犯人はまだわかっていない。そこで、高島隆三を自首させたんだ。ひとりで、警視総監を殺したとなれば、相手も、信頼する。それが、洗滌だよ」

「しかし、二十二人も殺しているんですから、間違いなく、死刑ですよ。洗滌できても、死んでは、使えないでしょう?」

「だから、公安は、高島隆三を、刑務所送りにしておいてから、脱獄させるつもりだったと思っている。警視総監殺しの肩書きがつけば極右、極左の連中も、信用するだろうからね。それに、公安が肩を貸せば、脱獄も、そう難しいことじゃないからね。ただ、途中で、後藤総監の生命がかかっていることがわかって、公安は、急遽、高島隆三を、自殺させたんだ」

「高島隆三が、自分で死を選んだ可能性は、ありませんか?」

「まず、考えられないね。私が、公安部長に会って、後藤総監の生命が、微妙にからんでいると話した直後に、高島隆三が、拘置所内で、自殺しているからね」

「しかし、遺書が、ありますが」

「遺書を書かせるぐらい簡単だよ」

「とすると、拘置所内に、公安に通じる人間がいたことになりますね？」

「他に考えようはないさ。公安はわれわれより、力を持っているからね」

と、十津川は、いったが、今回の列車爆破事件では、公安には、譲らない気持ちだった。

地裁は、高島隆三を犯人として、死刑の判決をして、一応、この事件は、結審したことにしている。

これで、よしとしているのは、公安と、山中悦夫と、地裁だろう。

救出された後藤警視総監も、警視庁のトップが誘拐されたことは、失態だし、汚名だから、これで、事件全体を、終結させてしまいたいだろう。

しかし、十津川は、それでは、納得できなかった。

高島隆三という男が、鉄道爆破の犯人とはとても思えなかったからである。

あの人物は、公安が作った、極右、極左から情報を収集するためのスパイだと、十津川は、考えている。

相手からの信頼が薄れてきたので、迷宮入りしかけている二年前の鉄道爆破事件を利用して、いわゆる汚れたスパイの洗滌を、計画したのだ。

だから、鉄道爆破の真犯人は、別にいると十津川は、確信していた。

その気持ちを、十津川は、本多（ほんだ）捜査一課長を通して、三上刑事部長に、訴えた。

「現在、しなの鉄道の爆破事件は、捜査を中断しています。それは、高島隆三を、真犯人と認めたからではなく、あくまでも、後藤総監の解放のためでした。その後藤総監が無事解放されたので、われわれも、長野県警との合同捜査を再開したいのです」

と、十津川は、訴えたのだが、三上の反応は、にぶかった。

「まあ、待て。上がどう考えているか、わからんからな」

と、いうのである。

（これは、まずいな）

と、十津川は、直感した。

上の方は、明らかに、今回の事件の幕を引こうとしているのだ。

「これは、二年前にしなの鉄道で起きた爆破事件を使って、公安が仕掛けたゲームなんだ」

と、十津川は、亀井に、いった。

「そのゲームに、公安が成功したんでしょうか？」

「形としては、失敗したと思う。洗滌して使うはずだった高島隆三を、自殺させたからね。しかし、刑事警察には、恩を売ることに成功した。後藤総監の生命が救われたからね。これで、しばらくは、うちの総監は、公安に頭が上がらないだろう」

「その公安は、今回の事件を、これで終わりにしたいようですね？」

「一応、総監救出には成功したからね。それに、うちだって、事件の終結に賛成だと思うよ。捜査が再開されたら、どうしても総監の誘拐が、マスコミに取り上げられるからね」

「結局、捜査の再開は、絶望ですか？」

「少なくとも、三上部長は、捜査の再開要請に、オーケイサインは、出してくれなかったよ」

「そうなると、しなの鉄道で、二十二名の人間が殺された事件は、犯人は高島隆三、そして犯人自殺で、終わりですか？」

「私は、納得していないよ。犯人は、別にいると思っているからね。カメさんだって、高島隆三が犯人だとは、思っていないんだろう？」

「思っていません。しかし、このままでは、われわれは、事件の捜査は、再開できないんでしょう？」

「できないし、間もなく、事件の終結が発表されると思っている」

と、十津川は、いった。

「では、絶望ですか？」

「いや、一つだけ、方法がある」

「どうするんですか？」

「長野地裁は、高島隆三を犯人と断定して、死刑の判決を下した。高島の遺族が、無実を叫んで、上告すれば、少なくとも、事件の終結にはならない」

「すぐ、高島の遺族を探し出して、上告させましょう」

と亀井が、嬉しそうにいう。十津川は、苦笑して、

「高島隆三は、公安が、スパイとして使っていた男だよ。多分、身寄りの少ない人間を選んだはずだ。だから、今に到っても、上告がされていない。それだけ、

遺族が少ないんだ。探すのは、大変だよ」

「でも、警部は、見つけ出すつもりなんでしょう？」

「ああ、絶対に見つけ出して、上告させ、事件の終結宣言などさせないつもりだ」

と、十津川は、いった。

3

十津川は、裁判で、被告人高島隆三の弁護を引き受けた、五人の弁護士と、五人が所属している寺川法律事務所には、最初から、協力を求めなかった。

この法律事務所と、公安とは、どこかで連なっていると疑っていたし、彼らは早々に、

「残念ながら、亡くなった高島隆三氏には、家族はなく、上告を諦めざるを得なかった」

と、発表していたからである。

しかし、住所は、発表されていた。

東京都世田谷区成城×丁目
グランビル八〇一号『日本綜合研究所』
高島隆三

これが、住所だった。

十津川は、一度、調べに行っていたが、もう一度、亀井と、訪ねて行った。

今のところ、高島隆三と繋がるものは、この住所しかなかった。

今も、このマンションは、現存していた。

その最上階八階の角部屋である。

十津川が、前に見に来たのは、もちろん高島隆三が自首してきたあとだった。

あの時と同じように、八階の八〇一号室には、

〈日本綜合研究所〉

の看板が、出ていた。

管理人は、前に来た時と同じだった。

十津川は、その管理人を説得して、部屋を開けて貰った。家宅捜索の令状を貰えなかったのである。明らかに、上の方は事件の再捜査に反対なのだ。

三ＬＤＫの広い部屋である。

この部屋を、高島隆三は、一億五千万円で買い、住居兼事務所として、使っていた。

「たしか高島隆三さんは、ここにひとりで住んでいたんでしたね？」

十津川は、改めて、管理人に、聞いた。

「そうです。若い女性を事務員として、雇っていました。女子大生だといっていましたね。それから、毎月、会報を出す前後に、若い男の人が、来ていました。三十代で、同じ人です」

と、管理人は、いった。

その会報は、今も、応接室兼事務所の隅に、積まれていた。

「日本綜合研究」と題された、二十ページ前後の会報である。十津川は、読んだことがあったが、記事のほとんどが、新聞や雑誌の切り抜きだった。

ただ、政府批判の記事が多いのは、公安のスパイだとすれば、当然だろう。

「高島さんのことで、何か、記憶に残っていることは、ありますか？」

と、十津川が、聞くと、管理人は、ちょっと考えてから、

「何をしているんですかと、聞いたことがあるんですよ。看板を見ても、よくわかりませんからね。そうしたら、『革命だよ』と、いって笑ってましたね。今度、ニュースを見て、あれは、本気だったのかと、びっくりしました」

「人は、よく訪れてきていたんですか？」

「若い人たちが、よく集まってましたよ。酒を飲んで、大声を出して騒いでましたね。角部屋じゃなかったら、住人から、文句が出ていたと思いますよ」

「どんな人たちが集まっていたのか、わかりますか？」

「そうですねえ。みんな眼つきが、きつかったですねえ。でも、皆さん、頭がいい人じゃなかったですか」

「どうして、そう思うんですか？」

「英語ペラペラの人がいたり、難しい話をしている人も多かったから」

「何か、びっくりするようなことが、ありましたか？」

「一度、知ってる若者が、警察に捕まったんで、これから、貰い下げに行くんだと、高島さんがいっていたことが、ありました。多分、警察関係に顔が利いたんじゃありませんか」

「事務をやっていた女性がいたと思うんですが、名前は、わかりますか？」

と、十津川が、聞いた。

「学生さんみたいな若い人で、清水（しみず）さんとか、京子（きょうこ）さんって呼んでましたよ」

「彼女は、ここで、長く働いていたんですか？」

「高島さんが、気に入っていたらしく、ずいぶん長く、この日本綜合研究所で、働いていましたね」

「大学生だった？」

「ええ。女子大生だといってましたね」

「どこの大学か、わかりますか？」

「たしかS大の学生さんじゃなかったですかね」

「住所、わかりますか？」

「残念ですが、わかりません」

「この事務所には、電車で通っていたんですか？」

「最初は、電車だといってましたね。そのうちに、車になりました。それも、ピカピカのスポーツカーですよ」

「給料がよかったんですかね？」

「それとも、高島さんが、プレゼントしたか」

と、いって管理人は、笑った。

「そんなに、魅力的でしたか？」

と、亀井が聞いた。

「美人でしたよ。それで、高島さんにきれいな人ですねといったら、頭が切れるんだといってました」

と、管理人は、答えた。

「もう一人、三十代の男性が、ここで働いていたようですが、名前わかりますか？」

十津川が、聞くと、管理人は、

「よく知りません。いつも、黙って働いていたし、こちらが話しかけても、ほとんど返事をしない人でしたからね」

「でも、長いこと、この事務所で、働いていたんでしょう?」

「でも、月に一回新しい会報が出る四、五日間だけですから」

と、管理人が、答える。どうやら、高島隆三が、雇った人間というより、公安が、監視役に、ここの事務所で働かせていた人間らしい。

役に立ちそうなのは、清水京子という女子大生の方だと、十津川は、思った。

「S大へ行ってみよう」

と、十津川は、亀井を促した。

S大では、十津川は、事務局に直行した。

清水京子の名前を、いうと、事務局長は、

「退学しました」

と、いう。

「しかし、卒業間近だったんじゃありませんか?」

「来年の卒業です。しかし、突然、辞めるというので、止めようが、ありませんでした」

事務局長は、明らかに、怒っていた。

「理由は、わかりますか？」

「多分、金が欲しくなったんじゃないですか？」

「どうして、そう思うんですか？」

「現在、銀座（ぎんざ）で働いていますからね」

事務局長は、「みねこ」という、クラブの名前を教えてくれた。

それだけを聞いて、十津川はS大を出た。

「警部は、今の話、どう受け取りました？」

と、亀井が、聞いた。

「清水京子は、金が欲しいんだ」

「高島隆三が死んでしまって、金づるが、いなくなったからでしょう」

「それなら、彼女を、うまく利用できそうだ」

と、十津川は、いった。

第七章　怒りと悲しみ

1

十津川は、清水京子に、儲け話を持ちかけた。

こちらのいう通りに動いてくれたら、礼金は三百万円。もちろん警察が出すはずはないから、十津川は、資産家の叔母（妻の叔母）に出して貰うつもりである。

京子は、あっさりと、十津川の提案に乗ってきた。

「私は、何をすれば、いいんです？」

「あなたは、高島隆三と結婚はしていなかったが、三年間、親しくしていた。内縁関係にあった。だから、彼の内妻としての要求ができる」

「そうですよ。だから、訴えていたんです。高島隆三さんの遺産は、私に下さいって」

「もう一度、訴えて下さい。あなたには、訴える権利がある」

「でも、高島隆三さんは、もう死んでますよ」

「だから、彼に代わって、内妻のあなたが、訴えを起こすんですよ。夫の高島隆三は、無実だって」

「それ、お金になるんですか？」

と、京子は、聞く。

十津川は、苦笑した。

「私が、三百万円払いますよ。前金で」

「それで、何をすれば？」

「内縁の夫、高島隆三の無実を訴えればいいんです。あなたは、何もやる必要はありません。弁護士が、すべてやりますから」

と、十津川が、いった。

その約束通り、弁護士が、すべてやった。

おかげで、高裁での再審が、始まった。

さっそく、公安部長の山際が、やってきた。

「何を考えてるんだ？」

と、いきなり、嚙みついた。

「別に。高島隆三に内妻がいたのは、知りませんでした。予想外です」

「後藤警視総監は、解放された。それで、十分じゃなかったのかね？」

「その件については、ほっとしています」

「じゃあ、なぜ、清水京子という女を見つけ出して、告訴させたんだ？」

「それは、今も申し上げたように、私としては、内縁の妻がいることは、知りませんでしたし、その女が、訴えることも、予想できませんでした」

十津川は、あくまでも、惚ける気だった。

山際は、怒ったまま、帰ってしまった。が、十津川は、平気だった。

公安部だって、自分たちのために、事実を曲げて平気なのだ。

事件が、高裁まで行ってしまったので、十津川は、さっそく、三上刑事部長に、

「われわれも、再度、しなの鉄道爆破事件について、捜査する必要があると思い

ますが……」

と、提案した。

三上は、言下に、

「その必要はない。事件は、われわれの手を離れて、法廷の場に渡っているんだ。高島隆三を、起訴した時点で、われわれの仕事は、終わっているんだ」

「しかし、高島隆三は、公安部が作った犯人です。真犯人じゃありません」

「だが、おかげで、うちの総監は、命が助かったんだ。それを、君は、ぶちこわそうと思っているのかね？」

「総監救出のことは、成功だと思っています。こうなると、今後は、事件の真犯人を見つけ出して、逮捕する必要があります。これは、警察の名誉のためです」

「犯人は高島隆三で、事件は決着しているんだよ。最高裁まで行っても、変わらんだろう。それに、裁判は、われわれの管轄とは別だ」

「公安が作ったシナリオ通りに動く必要はないでしょう」

「上の方は、文句はないとしているよ」

「これは、自尊心の問題です」

と、十津川は、いった。

「大げさなことをいうんだな」

「部長のいわれるように、高島隆三を犯人に断定して、終わってしまうかも知れません。しかしわれわれは、彼が犯人でないことを知っているんです。将来、あの事件の真犯人は、別にいるとなった時、われわれ警察の失態は、回復できません」

「しかし、事件は、われわれの手を離れているんだ。われわれが、再捜査を始めたら、検察がいい顔をしないぞ」

三上は、そのことに、拘（こだわ）った。

「ですから、私たちに勝手に、やらせて下さい」

「許さないといったら、どうするんだ？」

「仕方がありません。有給休暇を取って、勝手に調べます」

「その口ぶりだと、君に賛成している人間が何人もいるようだな？」

「かも知れません」

「鉄道爆破事件の再捜査は、許さん」

「はい」

「ただ、事件の犠牲者や、その家族に対する説明会の開催なら構わんだろう」

と、三上は、いった。

「はい」

「それから、説明会に、大人数で、ぞろぞろ、出向いては駄目だ。君を入れて三人。それ以上は、許可できない」

「わかりました。私と、亀井刑事、それに、北条早苗刑事の三人で、長野へ行ってきます」

と、十津川は、いったあと、初めて微笑した。

「部長を見直しました」

「バカなことをいうな。私はいつも、君たちの勝手な行動に泣かされているんだ」

2

十津川は、亀井と、北条早苗の二人を連れて、軽井沢に向かった。

軽井沢警察署には、二年前から、この事件の捜査に当たっていて、最近、十津川と一緒に捜査中だった県警の崎田警部が、待っていた。

「よく、出て来られましたね。とにかく、歓迎します」

と、崎田は、笑顔で、いった。

「ただし、名目は、再捜査ではなくて、被害者の家族の相談に応じることです」

十津川が、いうと、

「そんなこと、どうでもいいですよ。私としては今回の事件で、納得したいだけですから」

「やはり、高島隆三が犯人では、納得できませんか？」

「当然でしょう。二年前の事件の発生から、捜査を続けて、その間一度も、捜査線上に浮かんで来なかった名前ですからね」

「あれは、公安部が作った犯人です」

「県警も、そう考えています。全員、腹を立てていますよ」

と、崎田は、いった。

「実は、時間も限られているので、さっそく、捜査に入りたいと思います」

十津川が、いうと、崎田は、

「これから、十津川さんを迎えて、捜査会議に入ることにしています」

と、いった。

すぐ、県警本部長も交えて、捜査会議が開かれた。十津川たち三人も、参加した。

二年前の六月四日、しなの鉄道の普通列車が爆破され、二十二人の死者が出た。その全員の名前が書かれた白い大きなメモが、壁に貼り出されている。

捜査会議の司会は、崎田警部が、務めた。

「現在、犯人と思われているのは、山中晋吉です。警察に対する恨みから、二年前の六月四日、当時の永井文彦警視総監が乗っていた、しなの鉄道の普通列車の二両目を、爆破したのでないかと考えられました。二年後になって、彼の息子、山中悦夫が、現在の後藤有一郎警視総監を誘拐して、真犯人を探せと、脅迫しました。そこで、この山中晋吉について、考えることにします。彼は、すでに死亡していますが、真犯人と考えていいかどうかです」

と、崎田警部が、いった。

山中晋吉の名前と、顔写真が、壁に映し出された。

「容疑は、十分でした」

と、十津川が、いった。

「山中晋吉は、列車の爆破寸前にひとりだけ、降りてしまっています。爆弾を、車内に残して、降りたことも、十分に考えられますから。ただ、爆弾は、外からも仕掛けるのは可能です。父親が容疑者とされたことに怒って、二年後に、息子の山中悦夫が、現警視総監を誘拐しました。そのあと、公安部が作った高島隆三という男が、自首してきたわけです。事件は、複雑化しましたが、冷静に見て、高島隆三犯人説は消えましたが、山中晋吉の犯人説も、怪しくなったと、私は、思っています」

「その根拠は、何だね？」

と、県警本部長が、聞いた。

「理由は、二つあります。一つは、山中晋吉自身の問題です。彼が、一人を殺すために、個人的に、一対一で、殺したのなら、納得できるのですが、永井警視総監を、無関係の二十一人が、巻き添えになっているのです。山中晋吉に、それだけの度胸があるのか、疑問に思えてきたのです。もう一つは、息子山中悦夫の態度です。彼は、父親以外の高島隆三が、犯人となると、誘拐していた後藤総監を、あっさり解放しました。と、いうことは、それだけ、本気で父親が犯人ではないと、信じていたのではないかと、思うのです」

この十津川の意見は、すぐ、賛成されたわけではなかった。

崎田警部は、賛成派だったが、条件つきだった。

「私も、山中晋吉は、犯人ではなかったと思うようになっていますが、理由は、十津川警部とは、違います。その理由は、当日、亡くなった乗客たちにあります。二十二人が亡くなったのですが、そのうち、地元の人間が、十一人、他に若夫婦は、妻の実家に帰るところでしたから、この夫婦も地元の人間とすれば、合計十三人、つまり半数以上が、地元の人間なのです。そして、地元を走る列車ですから、当然、地元の人間の方が、事件を起こしやすいわけです。そのことを忘れていたような気がするのです。もう一つは、犯人が、二十二人のなかの誰を狙ったかについて、もう一度、考えてみる必要があると思うからです。二十二人の被害者のなかで、目立つのは、永井警視総監です。だから、どうしても、犯人は、永井総監を殺すために、列車を爆破したと考えてしまう。しかし、犯人の目的が、まったく違っていたらどうなるのか。地元の人間の誰かを殺すために、列車を爆破したのだとしたら、山中晋吉犯人説は、簡単に、消えてしまうのです」

「その点、十津川さんの考えを、聞かせて欲しいが」

と、本部長が、十津川を見た。

「私も、崎田警部の考えに、反対はしません。たしかに、最初、私は、犯人の狙いは、永井総監だと考え、したがって、山中晋吉犯人説を受け入れました。が、崎田警部のいう通り、二十二人の死者がいれば、二十二通りの動機が考えられるわけですから。ただ、ここまでくると、犯人の動機を決めるのは、かなり、困難だと思います」

「そのなかに、永井総監の友人の問題があったね」

と、本部長は捜査日誌に眼をやって、

「たしか、名前は、笠井道雄。地元の有力者だが、この人間については、どう考えるんだね？」

「永井総監の古い友人で、事件当日、二人で別所温泉に行く約束をしていたことは、間違いありません」

と、崎田が答える。

「問題の列車に、永井総監が乗っていることは、知っていたわけだね？」

「そうです。したがって、永井総監を、殺すチャンスは、あったわけです」

「同じ列車の同じ車両に、笠井道雄の娘も、乗っていたんだったね？」

「そうです。笠井は、知らなかったといっていますが、信用できません」

と、崎田が、いう。

「それは、笠井と、娘のまなみの仲が悪かったからかね？」

「そうです」

「しかし、だからといって、娘を殺すために列車を爆破して、関係のない二十一人を殺すだろうか？」

と、本部長が聞く。

「そうなると、昔からの親友である永井総監を殺すために、二十一人を殺すだろうかという疑問も出てきます」

と、崎田が、いった。

「笠井の娘のまなみが、親友の永井総監と親しかったという声もあります」

と、地元に詳しいベテラン刑事が、補足した。

「それで、二人一緒に殺すために、列車を爆破したということか？」

「考えられないことじゃありません」

と、崎田は、いった。

「笠井道雄は、ひとり娘のまなみを、溺愛していたといいますから。父親の自分から離れていったのも、永井総監のせいだと、恨んでいたことも、考えられます」

「どの程度の溺愛だったんだ？」

「父娘（おやこ）を知る人の話では、異常なほどだったそうです」

と、崎田が、いい、それに合わせて、北条刑事も、いった。

「私たちも、地元の滋野(しげの)に行き、笠井道雄について、聞いてまわりましたが、たしかに、父親笠井の娘に対する愛情は、異常なほどだったといっていました。妻が亡くなってから、父と娘の二人だけの生活だったからじゃないか、という人もいました」

「父と娘二人だけの生活か」

「逆に、母と息子二人だけの生活というのもあります」

「私にも、娘がいるが、私の場合は、母親に任せきりだから、最近は、母親のいうことしか聞かん。困ったものだよ」

と、いって、本部長は、笑った。

十津川には、娘は、いない。

だから、父と娘二人だけの関係というのは、よくわからないのだ。

捜査会議が、終わったあと、崎田警部が、十津川たちを、市内のホテルに案内した。

ロビーで、コーヒーを飲みながら、しばらく、話し合った。

「私にも、娘が一人いるんですが、両親健在のうちに、さっさと結婚して、孫も生まれました。したがって、父ひとり、娘ひとりという関係は、わからないのですよ」

と、崎田は、続けて、

「父親が、自分を裏切った娘を殺すなんてことは、とても、想像ができないのです。二年前の事件で、笠井道雄が犯人で、娘を殺すために列車爆破したとすれば、そういうことになるわけですよ。父と娘二人だけの関係が、いったい、どういうものか、わからなければ、この事件は解決できないことに、なりますよ」

だが、十津川にも、わからないし、亀井も、娘がまだ十歳以下だから、答は見つかりそうもない。

そんな時、一人だけ女性の北条刑事が、こんなことを、いった。

「今、崎田警部の話を聞いていて、小津安二郎監督の映画を思い出しました。『父ありき』や、『東京物語』、『晩春』などで、父親のことを映画にしています。普通に見れば、父親ひとりを残して、結婚をためらっているひとり娘のことを心配して、父親が、自分から、ひとりの生活を選んでいくように見える映画なんです」

「私も、その映画を見たことがあるが、違う見方もあるのかね？」

と、崎田が、聞いた。

「娘は、本当に父親を愛していて、結婚よりも、父と一緒にいたかったのだという見方です。それを父親が、勝手に娘のためを考えて、結婚しろとすすめた。小津監督は、そういう考えで、この映画を作ったのだという、批評家もいたと聞いたことがあります」

と、北条早苗は、いった。

「それは、面白い見方だが、笠井道雄の場合は、その逆だからね」

と、崎田はいった。

「他にも、列車爆破の見方は、ありますか？」

十津川が、三人の顔を見まわす。

今度は、亀井が、いった。

「乗客の個人を目的とした列車爆破事件ではなくて、世間、あるいは国を相手の抗議だったんじゃないか、という見方もあると思います」

「もっと、わかりやすく、いってくれないか」

と、十津川が、注文する。

「最近、時々あるじゃありませんか。個人の場合もあるが、グループの場合もあります。誰でもいいから、殺したかったと平気でいう人がいますからね」

「たしかに、そうした事件の可能性もあるね」

と、十津川は頷いてから、

「しかし、今回のケースは、そうした社会不満や、政治不満からの犯行とは、違うと思います」

「それは、なぜですか？」

と、崎田が、聞く。

「もし、そんな事件なら、もっと、大きなターゲットを狙うと思うのです。たしかに、しなの鉄道の爆破でも、かなりのショックを与えています。しかし、それなら、東京のど真ん中のデパートや、駅を爆破した方が、社会に与えるショックは、大きいと思いますし、犯人は、ただ単に、そのトイレに、爆弾を仕掛ければいいわけですから、簡単です。危険もありません。第一、社会的不満からの犯行なら、事件のあと、声明を出すでしょう？　そうでなければ、社会的不満は、完全には、解消しませんから」

と、十津川は、いった。

「たしかに、そうかも知れません」

崎田は、頷いたが、

「そうなると、個人が個人を狙った犯行ということになりますが、死者二十二名ですからね。大変ですよ」

崎田が、帰ったあと、十津川は、亀井と、一つの部屋に入ると、二十二人の名簿を、しばらく、眺めていた。

「まだ、眠る気になれませんか？」

と、亀井が、聞いた。

「二十二人の全員に、ひとりずつ、殺される理由があったかどうかを調べなければ、ならないのかね」

と、十津川が、いう。

「地元の人間十三人について、その一人一人を調べる必要はないような気がします」

と、亀井は、断定した。

「どうして、そう断定できるんだ？」

「私は、東北に生まれ、東北で育ちました。だから、交通手段としては、地方鉄道しかなかったんです。一時、車を買って、便利だといっていましたが、年を取って、運転ができなくなったり、故障したら、やはり、頼りは、鉄道だけなんです。私のいいたいこと、わかりますか？」

「もし犯人が地元の人間なら、大事な、地方鉄道を爆破するような真似はしないだろうということか？」

「そうですよ。しなの鉄道を見て、その感を強くしました。軽井沢の先まで、新幹線が通ったのに、しなの鉄道を、地元の人たちは、必要としたんです。単なる旅行に必要な鉄道ではなくて、毎日の生活に必要な鉄道です。犯人が、地元の人間なら、そんな鉄道を破壊しますか」

亀井は、熱っぽく、いう。

「そうなると、笠井道雄も、地元の人間ということになるんじゃないか？」

十津川は、意地悪く、いった。

亀井は、笑って、

「あの男は、別です。たしかに、地元に住んでいますが、しなの鉄道は、必要としない人間です。車を持っているし、運転手も使っている。自宅周辺なら、車を使えばいいし、遠くへ行く時は、軽井沢まで、運転手に送らせて、あとは、新幹線で、東京でも、金沢でも行けますから」

「笠井は、別か？」

「二年前の事件では、二日間、しなの鉄道は、停まってしまいましたから、生活に使っていた地元の人たちは、さぞ、不便だったと思いますね。その点、笠井は、何の不自由もなかったと、思います」

「しかし、笠井が、犯人だとすると、狙ったのは友人の永井総監か、娘のまなみということになってくるからね。動機が難しくなってくる」

「その点は、同感です」

「そろそろ寝て、明日もう一度、考えてみることにしよう」

と、十津川は、いった。

3

翌日、ホテルで朝食をすませると、三人は、県警の崎田と会って、今日一日の捜査について、話し合った。

そのなかで、亀井が、地元の人間が、犯人なら、自分たちの生活に必要な列車を、破壊するような真似はしないだろうというと、その考えに、崎田も、賛成した。

それに、付け加えて、崎田は、

「同じ理由は、五人の鉄道ファンにも、いえると思います。もし、五人の誰かを狙った犯人がいるとすれば、同じ鉄道ファンの可能性が強いと思うのです。もし、そうだとすれば、鉄道ファンも、殺人の場所として、自分たちの好きな列車を選ぶことは、考えられないと思うのですよ」

と、いった。

「あなたも、鉄道ファンですか？」

と、亀井が、聞くと、崎田は、笑って、

「高校生の息子が、鉄道ファン、というより鉄道マニア、でしてね。鉄道ファンなら、しなの鉄道の列車を、爆破するはずがないといいましてね。私も、もっともだと思いました」

「こうなると、残るのは、やはり、笠井道雄ということになると思いますけど」

と、早苗が、いう。

「もう一人、山中晋吉がいますよ。彼が犯人ではないと、決まったわけじゃありませんから」

十津川が、慎重に、いった。

公安部の作った高島隆三という犯人が、出てきたり、警視総監の誘拐事件が重なったりで、山中晋吉は無実と考えたくなっていたが、証明されたわけではないのだ。

「では、笠井道雄と、山中晋吉の二人について、捜査することにしましょう」

と、崎田警部が、いった。

県警の吉田という若い刑事を含めて五人、二年前の六月四日と同じ、列車に乗ることになった。
軽井沢一一時四六分発の長野行の三両編成の普通列車である。
軽井沢を含めて、二十三の駅がある。
昼近い時間帯だが、それでも、三両で、五、六十人の乗客が、いた。
鉄道ファンらしい若い乗客もいたが、あとは、地元の人らしい。
五人は、二両目に、乗った。
あの日、二両目が、爆破され、二十二人が死んだのである。
軽井沢を発車した時、二両目には、二十三人の乗客がいたことになる。
そのなかには、問題の三人がいたわけである。
永井文彦（前）警視総監
笠井まなみ
山中晋吉
この三人を含めた二十三人が、二両目にいて、長野行の普通列車は、軽井沢を発車した。

このあと、

中軽井沢　一一：五〇

信濃追分　一一：五四

と、停車して、山中晋吉は、二つ目の信濃追分で、突然、列車を降りている。

そして、三つ目の、御代田　一二：〇〇に、停車。

この御代田を、発車直後に、爆破されたのだ。

その一つ手前の駅で、突然、列車を降りた山中晋吉を疑うのは、当然なのだ。

「だから、われわれは、山中晋吉を逮捕したのです」

と、十津川が、いった時、列車は、発車した。

次の中軽井沢駅に、着く。誰も降りない。当たり前である。四分しかたっていないからだ。

「山中晋吉が、無実だとしたら、なぜ、あわてて降りたのか、降りる理由があったのかどうか知りたいですね」

と、十津川が、いうと、崎田が、

「本人は、何といっていたんですか？」

「急に降りたくなったから、降りたと」

「それじゃ、容疑をかけられても、仕方がないな」

「彼が、犯人じゃないとしても、急に列車を降りる理由があったかどうか知りたいんですよ」

と、十津川が、いった。

他の四人が、黙ってしまった。

列車は、二つ目の信濃追分に着く。

だが、誰も、答を口にしない。

三つ目の御代田に着く。

一二：〇〇発車。

その時、北条早苗が、突然、口を開いて、

「簡単に考えたらいいんじゃありませんか」

と、いった。

「簡単にって、どんな風に？」

あまり、期待を持たずに十津川が、聞く。

「山中晋吉には、前科があって警察と関わりがあったわけでしょう。だから警視総監の顔も知っていたんだと思うんです。山中晋吉としては、沿線のどこかに行くつもりで、ふらりと乗ったら、そこに、永井総監がいたんで、びっくりしたんだと思います。気まずいので、あわてて、降りてしまった。そんなことではないかと、思いますが」

一瞬の間があって、

「合格！」

と、崎田が、叫んだ。

十津川は、叫ばなかったが、北条刑事の話に、ほっとしていた。

ともかく、山中晋吉が、軽井沢で、列車に乗ったが、すぐ降りてしまった理由の説明がついたからである。

今までは、彼が犯人でない場合、降りた理由が、わからなかったのである。

（そうか。簡単な理由で、説明がついたんだ）

拍子抜けした感じだった。

前科のある人間が、警官を見て逃げたのと同じだったのだ。

もちろん、山中晋吉が死んでしまっているから、証明のしようはない。間違っているかも知れない。

だが、一つの壁を越えて、次の問題に取り組むことはできるのだ。

もちろん、五人の乗った列車は、爆破されることもなく、次の平原駅に着いた。

あとは、小さな駅が、続く。

小諸　一二：一一
滋野　一二：一七
田中　一二：二一
大屋　一二：二四
信濃国分寺　一二：二七
上田　一二：三一着　一二：三三発

最初のうち、ほとんど、乗客の乗り降りはなかったのだが、軽井沢を離れるにつれて、ぽつん、ぽつんと、乗客の乗り降りが生まれてくる。

そんなところも、いかにも、生活列車の感じである。

「笠井道雄は、滋野で、乗ってくることになっていたと証言していましたね？」

と、十津川が、崎田に、確認する。

「そうです。友人の永井総監が、各駅停車の普通列車で、上田へ行くといっていたので、滋野で一緒になるつもりだったと、証言しています」

「つまり、笠井は、永井総監が、軽井沢一一時四六分発の普通列車に乗っていることを、当然知っていたわけですね」

「その通りです」

「他に、笠井の娘のまなみのことがあります。同じ列車に、乗っていて、爆破で、死んでいます」

と、早苗が、いった。

「笠井は、彼女が、乗っていることは、知らなかったといっていましたね」

と、亀井が、いう。

「それを、強調しています。娘が乗っているのを知っていたことになると、自分が容疑者になると恐れたんでしょう」

これは、同行している県警の吉田刑事が、いった。

「笠井が、娘のまなみを殺すつもりで、列車を、爆破したのなら、当然、乗っていたのを知っていたことになりますが、大学進学を機にまなみが上京して以来、別居していたわけでしょう。それなのに、笠井は、なぜ、娘の動静に詳しかったんでしょうか？」

早苗が、首をかしげる。

十津川は、笑って、

「その件について、調べたじゃないか。笠井は、東京に住む娘のことが心配で、東京の私立探偵に、彼女のことを、調べさせていたんだ。ああ、これは、橋本に調べて貰ったんだったな。したがって、笠井は、娘まなみのことは、詳しく知っていたはずです」

と、十津川は、断定した。

「ところで、娘の方は、どこまで乗って行くつもりだったか、今も、わからなくて、困っています」

崎田警部が、いう。

「切符が見つかれば、簡単なんですが、あの爆発で、彼女の切符は燃えてしまっているんです」

「家のある滋野ですかね？　その手前で、列車が爆破されてしまっているから、判断の仕様がありませんね」

と、十津川が、いう。

「間もなく、上田です」

と、吉田刑事。

「ともかく、降りましょう」

と、崎田が、いった。

4

五人は、上田で降りた。

笠井の話では、ここから、友人の永井と、上田電鉄で、別所温泉へ行き、岩盤浴を楽しむつもりだったといい、予約していたという松乃旅館はそこにある。

五人は、上田電鉄で、終点の別所温泉に向かった。

沿線に、学校が多いせいか、乗客は、学生と、温泉客が、入り混じっている感じである。

だからといって、五人は、沿線の風景を楽しむわけにもいかないのだ。

二年前の列車爆破事件について、警察としての結論を見つけ出さなければならないのである。

それも、納得のできる結論である。

別所温泉に着くと、まっすぐ、松乃旅館に急ぐ。十津川は三度目である。

チェック・インをすませてから、女将に、二年前の六月四日、笠井と永井の二人が、予約していたことを再び確認する。

「間違いなく、滋野の笠井さんの名前で、予約していました。あんな事件があって、実際には、おいでになりませんでしたが」

と、女将が、同じ証言をする。

「事件のあとも、笠井さんは、時々、見えていましたか？」

と、十津川が、聞いた。

「時々、お見えになっていますよ」

「その時の様子はどうですか？　あんな事件があったあとだし、笠井さんは、友人と、一人娘の両方を失っているから、女将さんの方も、気を使っているんじゃありませんか？」

「そうですねえ。お友だちの永井様、警察の偉い方なんでしょう？」

「警視総監です」

「その方のことを話しても、それほどじゃないんです。時には、大学時代のことまで、笑顔で、話されることもあるくらいですから。娘さんの方は大変です。時には、娘さんのことを話している最中に、泣き出したり、怒り出したりなさるんで、笠井さんには、事件の話をしても構わないが、娘さんのことは、なるべく話すなと、宿の者には、いっているんですよ。よっぽど、娘さんを愛して、いらっしゃったんでしょうね」

と、女将は、いった。

興味のある話だが、この話は、笠井が、犯人である証明にもなるが、無実である証明にもなってしまう。

夕食のあと、気持ちを、リラックスさせるために、十津川たちは、思い思いに、温泉を、楽しんだ。

そのあと、崎田たちは、旅館街で、笠井の評判を聞いてくるといって、外出した。

亀井も、出かけてしまったので、十津川は、ひとりで、縁側の椅子に腰を下ろして、湯の町の音を、楽しんでいた。

有名な温泉街は、昔の音を失っているが、ここには、それが、残っている。

昔風の旅館が多いせいだろう。

下駄(げた)の音が聞こえてきたり、入浴客の声が聞こえてきたりするのだ。

「お邪魔して構いませんか」

と、女の声がして、浴衣(ゆかた)姿の北条刑事が、入ってきた。

テーブルの上に、持ってきた魔法瓶を置き、お茶をついでくれてから、

「こういう温泉街の雰囲気って、すてきですね」

と、いう。

「君みたいな若い女性でも、そう思うかね？」

「今は、どこの温泉へ行っても、ホテルが、巨大化して、すべて、ホテルのなかで、すんでしまうんです。ホテルのなかに、バーがあって、食堂があって娯楽室まであるから、外に出て行く必要がないんです」

「今の若い人は、その方が、便利でいいんだろう」

「私たちだって、温泉へ行ったら、下駄をはいて歩きたいし、射的だって、やってみたいと思います。でも、どこにもないんです」

「ここには、あるらしいよ」

「それなら、あとで行ってみます」

と、早苗は、笑顔になって、

「私、小津安二郎の映画が、好きなんです」

「前にも、そういっていたね」

「優しいんですけど、怖いんです」

「その点は、同感だ。小津映画は、たいてい、娘や、息子の結婚式で始まるんだがそのあとは、残された父親や母親の孤独を、延々と、描いていくからね。それも、どこかで、その孤独感が、救われるということのない、どうしようもない孤独だからね。怖くなることがあるよ」

「何という映画だったのか、題名を忘れましたが、父親と娘の二人だけの生活が続いたあと、娘が結婚する話のものがあったんです。父娘二人だけの最後の日を、温泉で過ごすんです。ここと同じ日本旅館で、外のざわめきを聞きながら、父と娘が、会話を交わすシーンがあって、忘れられません」

「その映画なら、私も覚えている。結婚する娘と、それを見送る父親の話で、温泉旅館での二人だけの会話が、何ともいえなかったなあ。たしか、娘は、ひとりになってしまう父親に向かって、本当は、結婚しなくてもいいんですと、いうんだ。それに対して、父親は大丈夫だよみたいなことを、笑顔でいうんだったね。本当は、自分が、ひとりぼっちになることを、わかっていながらね」

「あの場面を、フランスの批評家と、日本の批評家が、議論したのを読んだことがあるんです」

　と、早苗が、いう。

「二人とも、小津ファンなんだろう？」

「そうです。その二人が、何について、議論したかわかりますか？」

「もちろん、小津映画の素晴らしさについてだろうが」

と、十津川が、いうと、早苗は、

「そうじゃないんです。この時、二人が議論したのは、この夜、父と娘は、一緒に寝たかどうかということなんです。日本の批評家は、日本人らしく、それはなかったろうといっていますが、フランスの批評家は、まったく違います。二人は、この夜、関係を持った。そうでなければ、おかしいといっています。小津監督も、そのつもりで、この映画を作っているはずだと、いい切っているんです」

「父と娘といっても、男と女か」

「昔は、私も、父と娘の、結婚前のなごやかな一日と思って見ていたんですが、この議論を読んでから、すっかり変わってしまいました。父親がこの温泉に誘ったのなら、抱くつもりで誘ったんだし、娘の方もそのつもりで父と最後の温泉旅行にやって来たんだと思うようになりました。そのつもりで、見ると、一つ一つのセリフがまったく違って、聞こえてくるんです。例えば、娘が、『結婚しなくてもいいんです』と、いう。あれは、明らかに、父を誘っているんです。男としての父をです。もし、今夜、男と女の関係ができたら、結婚をせず父と二人で生きていくつもりなんです。父親の言葉だって、受け取り方では、微妙になってきます。『彼は立派な男だよ』という言葉だって、普通には、あの男は立派だから、迷わず、結婚しなさいと受け取れます。優しい父親の当たり前の言葉だと。でも、わざわざ、温泉旅館に誘っているんですから、彼も立派な男だが、父の自分だって、立派な男だぞといっているようにも、聞こえてくるんです。私だって、時には、父のなかに、男を見る時もありますから」

「ちょっと、待て」

と、十津川は、いった。

少しあわてていた。

間を置いて、

「ちょっと、待て！」

と、再び、いった。が、この時は、もう、狼狽(ろうばい)していなかった。

「私は、今、君の言葉に触発されて、もう一組の父娘のことを考えた。笠井道雄と、娘のまなみのことだよ。私は、笠井が、今回の事件の犯人だと、思っていた。

笠井が、娘のまなみを殺すために、彼女の乗った列車を爆破したのだとね。ただ、わからないのは、動機だったんだ。たしかに、娘の方は、父親の笠井を嫌って、自宅を出て、東京に暮らしていた。だからといって、娘を殺すとは、思えない。だから、別の理由があるはずだと、ずっと、考えていたんだが、それが、わからずに、苦しんでいたんだ。今、君の話で、やっと、その答が、見つかったよ」

と、十津川は、いった。

「私は、小津映画の話しかしていませんが」

「それで、十分なんだよ。今、君が話した父と娘の話だよ。それと、まったく逆の関係の父娘がいた。それが、笠井道雄と、娘のまなみだ。なぜ、娘のまなみが、父親を嫌って、東京で、暮らすことになったか。笠井は、ひとり娘を溺愛し、今も可愛がっているのにだ。なぜなのかを考えている時に、君の話が、あったんだ。そうかと思った。父、笠井道雄は、あまりにも、娘のまなみを、可愛がりすぎたんだよ」

「父が、娘を、犯したということ、ですか？」

「そうだ。ただ、小津映画の父と娘とは肝心のところが、違っていたんだ。映画の場合、父を娘としても愛していたが、男と女としても、愛していた。だが、笠井父娘の場合は、違っていた。娘のまなみは、笠井はあくまでも父親であって、男として愛していたわけではなかった。笠井の方は、違っていた。娘として、溺愛していたが、女としても愛してしまったんだ。そんなチグハグな関係のなかで笠井は、娘を犯してしまった。だから、娘のなかに生まれたのは、愛ではなくて、憎しみだった」

と、十津川は、一気呵成にしゃべってから、早苗の注いだお茶を、一口飲んだ。

「笠井は、自信家で、自己中心的な男だから、娘の憎しみに、面食らっただろう。だから、それは、怒りに変わったんだと思う。こんなに、愛してやっているのに、なぜ、おれを憎むんだ、犯したといっても、愛からなんだ。それなのに、なぜ怒るんだと、笠井は、怪しみ、そして、怒った。いや、怒り狂った。次に、笠井を襲ったのは、困惑だったはずだ。彼は、地元の有力者であり、権力者でもある。娘を犯したことが、公けになったら、自分の地位が危くなるという困惑だ。その困惑は、恐怖になってきたんだと、私は思う。有力者、権力者の決まりきった思考経路だよ」

「笠井は、最後まで、娘のまなみを、愛していたんでしょうか」

と、早苗が聞く。

「溺愛していた。が、それは、そのまま返って来ないことへの憎しみでもあったんだと思うよ。だから、なおさら怖くて、危険な存在だったと思うんだよ。そういう危険で、面倒くさい存在は、消してしまった方がいい。だから消してしまったんだ」

と、十津川は、いった。

この夜、一緒になった時、十津川は、他の三人に、自分の見つけた犯人の動機について、説明した。

崎田たちも、十津川の説明に、納得した。

「ともかく、笠井道雄が、犯人だった場合の動機について、説明できることになって、ほっとしました」

と、崎田は、いったあとで、

「あとは、永井総監のことですね。笠井が、娘のまなみを殺した場合の動機は、これで、説明できますが、笠井が、同時に、友人の永井総監を殺した場合の動機は、何でしょうか?」

と、続けた。

その場合、どんな動機があるのか?

このあと、丸一日かかって、五人で、作りあげた笠井の動機は、次のようなものだった。

笠井道雄と永井文彦は、大学時代の友人だった。永井が、警視総監になってからも、権力志向の強い笠井は、喜んで、つき合っていた。

娘のまなみが、父親を憎む以前、彼女が、自宅にいた頃も、時々、永井は、遊びに来ていたから、まなみは、永井と、親しかった。

父親を信用できなかったまなみは、永井に、いろいろと、相談していたのではなかったろうか。

あの日、二年前の六月四日、まなみは、永井が、父親の笠井と、一緒に上田の別所温泉に行くことを知って、二人の前で、すべてを話して、これからの生き方を決めようとしたのではないのか?

永井が、軽井沢で、しなの鉄道の普通列車に乗る予定と知って、彼女も、乗ることにした。父親に会う前に、永井に、すべてを話しておきたかったのだ。

そのことを、永井は、笠井に洩らした。

そのことが、笠井を怒らせ、恐怖に落とした。

（それなら、二人を一緒に殺してしまおう）

と、思った。

これが、笠井が友人の永井を殺す動機ではないのか？

解説

山前 譲
（推理小説研究家）

日本のミステリー界において、十津川警部がもっとも事件を解決した警察官であることは間違いないだろう。そのデビューは一九七三年で、当初、シリーズ作は一年に数作だった。そしてとりわけ、海にまつわる事件が話題となっていた。それが、一九七八年に『寝台特急（ブルートレイン）殺人事件』がベストセラーとなり、一九八一年に『終着駅（ターミナル）殺人事件』で第三十四回日本推理作家協会賞を受賞してからは、鉄道絡みの事件をメインとして十津川はまさに東奔西走の毎日だった。しかも長らく一年間に十以上の事件を捜査してきたのだから、簡単に彼の事件簿をまとめることはできないのである。長編と短編を合わせて、その数ははたして何百になるのだろうか。

十津川自身、かつて捜査に携わった犯罪を振り返る機会は、あまりなかったに違いない。たとえどんなに苦しんだ捜査であったとしても、難解なアリバイトリックを見事に解き明かした事件であっても、現役の警察官としては、今直面している事件が優先されるのは当然のことだ。

その意味で、「Ｗｅｂジェイ・ノベル」に発表され（二〇一八・三・十三〜十・九配信）、二〇一九年一月にジョイ・ノベルスの一冊として刊行されたこの『怒りと悲しみのしなの鉄道』は、かなり異色の事件である。なぜなら、すでに自らの手で解決した大事件を、十津川があらためて捜査しているからだ。

なんと警視庁のトップである後藤警視総監が誘拐されてしまった。犯人は山中悦夫。二年前、しなの鉄道の列車が爆破された事件で、犯人として逮捕され、死刑判決を受け、そして獄中で病死した山中晋吉の息子である。父は無罪だ。捜査を担当した十津川が、爆破事件の真犯人を一週間以内に捜し出さないと総監を殺す。――それが誘拐犯のとんでもない要求だった。

二十二名もの死者がでたその爆破事件の犠牲者のなかに、当時の警視総監である永井がいた。はたして彼が狙われたのだろうか？　そこで長野県警との合同捜査に警視庁から赴いたのが十津川である。そして車掌の証言などから、容疑者として浮かび上がったのが山中晋吉なのだ。

彼は十五年前、強盗殺人の犯人として逮捕され、そして主犯と見なされて十五年の刑が科せられた。その時、捜査一課長として捜査を仕切っていたのが永井だった。やっと刑期を終えた山中が、永井を恨んで爆弾事件を起こしたのか？

そんな事件の構図に疑いを抱いていなかった十津川だが、警視総監の命がかかっている。誘拐犯の指示に従わないわけにはいかないのだ。かつての事件現場であるしなの鉄道にあらためて乗って、二年前の事件を丹念に再検討していく。もし冤罪であったのなら、十津川としても悔いが残るに違いない。

その名称から長野県の鉄路であることはすぐに分かるだろうが、しなの鉄道がどこを走っているかすぐにイメージできる人は少ないかもしれない。もともとは高崎から新潟方面へ向かう幹線の信越本線の一部区間である。一九九七年に北陸新幹線の高崎・長野間、いわゆる長野新幹線が開通した際（現実的には東京・長野間での運行だったが）、並行在来線として、軽井沢駅から篠ノ井駅までが第三セクターとして経営分離された。それが今のしなの鉄道である。

この時、横川・軽井沢間が廃線となっている。日本の鉄路のなかでも特筆される急峻な碓氷峠を越えていくこの区間は、「EF63形機関車の証言」ほか、西村京太郎作品でたびたびアリバイ工作の舞台となっていた。そして「特急『あさま』が運ぶ殺意」など、十津川シリーズで信越本線はかなり重要な舞台となっていたから、往時を振り返るのはじつに簡単だ。横川駅で名物弁当の釜めしを買って、軽井沢駅に着くまでに平らげるのがひとつの楽しみだった。

新幹線はたしかにスピーディーで快適である。ビジネスやレジャーにと、もはや欠かせない移動手段である。しかし、鉄道の存在意義はそれだけではない。沿線住民の移動手段としては各駅停車のほうがより生活に密着しているはずだ。新幹線が開通したからといって、在来線を軽々に廃止するわけにはいかないのである。北海道新幹線と並行する道南いさりび鉄道線、東北新幹線の盛岡駅以北で並行するIGRいわて銀河鉄道線と青い森鉄道線、九州新幹線と並行する肥薩おれんじ鉄道線が、しなの鉄道と同様に第三セクター化によって存続した在来線である。そして北陸新幹線の並行在来線はしなの鉄道だけではないのだ。しなの鉄道線、北しなの線（しなの鉄道の営業路線）、えちごトキめき鉄道線、あいの風とやま鉄道線、IRいしかわ鉄道線と乗り継いでいけば、軽井沢から金沢まで行くことができる。ただし、厳密に言えば篠ノ井・長野間は信越本線だ。かつての日本の鉄路の大動脈は新幹線の開通によって分断され、じつに複雑な形となっている。

こうした並行在来線の経営状況は、沿線の人口減少などがあって厳しい。しかし、それぞれに旅客数を増やそうといろいろ企画列車を走らせている。それが新しい魅力となっているのは間違いないだろう。

しなの鉄道の観光列車「ろくもん」に乗車したことがある。列車愛称の由来はもちろん真田家の家紋である「六文銭」だ。水戸岡鋭治氏のデザインによる楽しい列車だが、お目当ては食事のサービスだった。

さすがにフレンチのフルコースを堪能するというわけにはいかないけれど、沿線の食材を用いた和食や洋食が味わえる観光列車なのだ。長野駅から乗車して、上田、小諸、信濃追分などに停車し、千曲川や浅間山といった長野ならではの自然を楽しみながらの二時間少々の旅は、天候に恵まれたこともあって格別だった。

十津川警部にも愛妻の直子とともに「ろくもん」の旅を楽しんでもらいたい。そう思ったものだが、日本一忙しい警察官にそんな時間はなかなか訪れない。警視総監が誘拐された大事件を極秘裏に解決しなければならないのだ。苦悩の捜査の旅が信州で待っていたのである。

列車爆破事件の犠牲者となってしまった前警視総監の永井は、はたしてなんの目的でどこへ向かっていたのだろうか。新幹線をなぜ利用しなかったのだろうか。十津川は亀井や長野県警の刑事とともに、軽井沢駅から三両編成のしなの鉄道に乗り込んだ。三つ目の駅、御代田(みよた)を発車した直後に列車は爆破された。十津川らは御代田駅で降りて爆破の現場まで歩く。そこには鎮魂碑が建てられていた。

事件を細かく振り返りつつ、さらに上田、小諸、信濃追分、軽井沢と地道な捜査をつづける十津川たちである。しかし、新たな手掛かりはなかなか見付からない。そこにとんでもないことが起こる。上司の三上刑事部長によれば、爆破事件の真犯人が分かったというのだ……。

信州の旅情を背景にした十津川警部の捜査行は、いったいどんな結末を迎えるのか。まったく予想のつかない展開の果てに待っているのは、タイトルにある〈怒りと悲しみ〉である。

二〇二二年は日本に鉄道が開業して百五十年ということで、さまざまなイベントやグッズ販売が企画されて盛り上がっている。九月には武雄温泉・長崎間の西九州新幹線が開通する。さらには北陸新幹線の敦賀までの延伸や北海道新幹線の札幌までの延伸が待っている。「ろくもん」のような魅力的な観光列車が各地を走っている。

鉄道の旅を楽しみにしている人は多いだろう。残念なことに、十津川警部が新たに事件を解決する機会はもうなくなってしまった。しかし、遺された作品群を手にして、十津川の捜査の旅を振り返ることはできるのだ。なにせ何百もの事件を解決しているのだ。楽しみが尽きることはないはずだ。

本作品はフィクションであり、実在の個人および団体とは一切関係ありません。（編集部）

二〇一九年一月　ジョイ・ノベルス（小社）刊

実業之日本社文庫　に1 27

十津川警部 怒りと悲しみのしなの鉄道

2022年10月15日　初版第1刷発行

著　者　西村京太郎

発行者　岩野裕一
発行所　株式会社実業之日本社
〒107-0062　東京都港区南青山5-4-30
emergence aoyama complex 3F
電話［編集］03(6809)0473［販売］03(6809)0495
ホームページ　https://www.j-n.co.jp/
ＤＴＰ　ラッシュ
印刷所　大日本印刷株式会社
製本所　大日本印刷株式会社

フォーマットデザイン　鈴木正道(Suzuki Design)

ISBN978-4-408-55761-8（第二文芸）